JN076109

The Court Wizard in Shadow
レインハルト
「……そのノックは姉さん？」
弟の問いにシスレイアは「そうよ」と答える。
姉と弟の間にはその会話だけで十分なのだろう。
ドアを開けると、そこには天蓋付きのベッドに
身体を預ける少年がいた。

レオン
「まったく、俺は司書として
平穏に生きたかっただけなんだが」

エグゼパナ
「あの世とやらにも
図書館があるといいな」

「姫様にはもう俺はいらないな。
〝影の宮廷魔術師〟がいなくても十分にやっていける」
「レオン様、
冗談でもそのようなこと、
言わないでくださいまし」
シスレイア

影の宮廷魔術師
～無能だと思われていた男、実は最強の軍師だった～
3
(著) 羽田遼亮 (絵) 黒井ススム
The Court Wizard in Shadow

CONTENTS

プロローグ

†

シスレイア・フォン・エルニア。

この国の第三王女である彼女は、深夜、馬車に飛び乗る。

化粧もせず、着るものにも乱れがあったが、それも仕方ない。

国王から火急の用があると厳命を受けたのだ。

もはや、最後の面会となるかも知れない、王の勅使はそのように伝えてきた。

シスレイアは夜中に叩き起こされたことに一言も不満を告げず、王宮に向かった。

その車中、馬車の窓から王都の夜景を覗き込む。

真っ暗なのは大雨が降っているからだろう。不夜城ともいえる王都がこのように静かなのは昨日から降り続いている大雨のせいであった。

このような雨の中では経済活動も鈍るのだろう。

そのように考察していると、対面に座っているメイドのクロエが口を開いた。

「……おひいさま、国王陛下はみまかられるのでしょうか？」

「……そう遠くない日には。でも、安心して。それは今日ではない」

「なぜ言い切れるのです」

「ふふ、親子だからかしらね。なんとなく、分かるのよ」

「なるほど、血は水よりも濃いということですね」

クロエは納得すると話を続けた。

「しかし、畏れ多いことながら、国王の崩御は避けられません」

「そうね」

「そのときおひぃさまはどうされるおつもりですか？」

「——わたくしは」

自問するようにつぶやくと、馬車が宮殿に到着する。

厳重な警備であったが、シスレイアはこの国の王族、なんなく宮殿に入ると急ぎ足で王の寝室に向かう。

途中、腹違いの兄であるマキシスとすれ違う。シスレイアは軽く頭を下げ、挨拶するが、兄はシスレイアのことを完全に無視した。まるで空気のように扱う。

その態度を見てクロエは大きな溜め息を漏らす。

「ふう、まったく、実の兄弟に対する態度ではありませんね」

「誰しも兄弟仲が麗しいというわけにはいかないようですね」

「そのようです」

「クロエのお兄様の爪の垢を煎じて飲ませれば、仲良くなれるかしら」

クロエの兄を例に出したのは、彼とクロエが比翼の鳥のように仲睦まじいからだ。先日の騒動で数年ぶりに再会を果たしたクロエ。行き違いのあったふたりだが、誤解が解けたふたりは離ればなれになっていた時間を取り戻すかのように同じ時間を過ごした。レオンいわく、「まるで恋人だな」とのことだったが、その表現は言い得て妙だ。ふたりはしばし王都で兄弟水入らずで過ごすと、兄のほうは旅立った。元々、流浪気質がある兄のボークス、いくら妹がいると言っても王都に永住する気はなかったようだ。

「妹を頼む」

とシスレイアとレオンにだけ告げ、立ち去っていった。兄がいなくなった日、クロエが悲しそうに皿洗いをしていたのが印象的だった。

そのようにクロエの兄ボークスのことを考えていると、クロエは先ほどの言葉を真面目に考察していた。

「入手は容易ですが、飲ませるのは至難かと」

シスレイアの冗談を真面目に考察するメイドさん、なんだかおかしかったが、表情を引き締めると、国王の寝室に向かった。そこには枯れ木のように痩せた老人が眠っていた。

――いや、老人と呼ぶのは酷か。この国の国王ウォレス・フォン・エルニアはまだ五〇代の壮年なのだ。老人のような皺や髪は加齢によってではなく、病気によってもたらされたものであった。

国王はいわゆる〝癌〟に侵されたのである。

彼の肺には悪性の腫瘍が広がっており、呼吸もままならない感じであった。

息も絶え絶えに天井を見つめている。

ただ、意識ははっきりとしているようで、シスレイアが入室したことを確認すると、召使いにペンを取らせた。

筆談によって会話をするのだ。

蛇のような崩れた文字。達筆だった父の文字の面影はないが、それでも一生懸命に書いた文字にそこはかとなく感動するシスレイア。父のメモを受け取ると目を通す。

そのメモにはこのような文章が書かれていた。

「わしはもうじき死ぬ」

衝撃的ではあるが、意外性はない言葉であった。国王の死期は誰の目からも明らかだったのだ。シスレイアは改めて心がざわめいたが、国王の次の文章を待った。

気丈な娘を見て国王は僅かに微笑み、文章を綴る。

「わしが死ねばこの国は乱れるであろう。現国王としてそれを最小限にしたい。そのためにはおまえの協力が必要だ」

その文章に言葉によって返答する。

「わたくしの協力ですか？　しかし、わたくしは非力。このか細い手でなにができましょう？」

「そんなことはない。おまえの手はなにものよりも清い。それがおまえの武器となる。それにおまえの手には黄金色の天秤があるではないか。それを使え」

「――黄金色の天秤」

それは軍師レオンのことを指しているのであろうか、シスレイアは尋ねるが、国王は返信をくれなかった。疲れたように枕に身を預けると、最後にこう書き記した。

「――疲れた。すべてをおまえに託す。おまえと黄金色の天秤に」

国王は目をつむると眠りに就く。以後、一言も発することはなかった。

シスレイアは老人のような父親のまぶたに軽く手で触れると、きびすを返した。

手のひらから父親の生命力を感じ取ったからだ。

たしかに父の生命は燃え尽きようとしていたが、今はまだそのときではない。父親は病と闘っているのだ。娘であるシスレイアのために時間を稼いでくれているのだ。

それを理解したシスレイアは、来たるべき国王の死と、次期王位継承者について頭を悩ませることにした。

「――わたくしは女王になりたい。でも今のわたくしは国王の器ではない。しかし、兄上にもそれはない。だとしたら――」

年少の弟の顔を思い浮かべるが、彼の線の細い両肩もまた国王に相応しいとは思えなかった。

才気がないわけではない。この国を支える重圧に耐えられないと思ったのだ。

「ならば誰が――」

シスレイアは心の中で問うが、それに答えてくれるものはいなかった。

第一章　機械仕掛けの鮫

†

俺の名はレオン・フォン・アルマーシュ。

エルニア王国の宮廷魔術師 兼 宮廷図書館司書 兼 天秤（てんびん）師団軍師。

エルニア王国の文官にして武官である。

階級は少佐、いや、中佐だ。

先日の巨人部隊（タイタン・フォース）討伐の功績により、少佐から中佐へと昇進したのだ。

ちなみにシスレイア姫も一階級昇進を果たし、中将となっている。

彼女は俺の昇進を我がことのように喜ぶが、自身の昇進にはさして感慨を持っていないようだった。

元々、彼女は軍人に似つかわしくない優しい性格の持ち主、出世に興味がないのだろう。いや、むしろ武勲を疎んでいる節もある。

階級が上がるイコール殺人を重ねると同義だと思っているようで、俺のように給料が増えたと単純に喜ぶことは出来ないようだ。

そのことを彼女のメイドのクロエに話すと同意してくれるが、このような言葉もくれる。

「レオン様、たしかにおひいさまは喜ばれていませんが、それでも昇進は昇進。なにか祝いをせねば」

「そりゃ、構わないが、意外だな、君も喜んでいないと思っていたが」

「無論、喜んではいませんが、おひいさまが出世されれば大望に近づけます」

「だな」

ちなみに大望とは世界平和のことである。それも恒久的な。

それを実現するため、彼女は軍人となり、俺を配下に加えたのだ。

「俺のような問題児を家臣にするくらいだものな」

戯(おど)けてみせると、クロエも冗談で返す。

「そうですね、給料泥棒の異名を誇る司書さんを配下に加えたのです。一日も早く、権力を奪取したいです」

「権力奪取か――」

「はい」

「まあ、それには協力するが、姫様には三人、兄と弟がいるんだよなあ」

「二人でございます」

「そうだった。三人のうち、ひとりは俺が殺したんだった」

次兄のケーリッヒの悪辣な顔を思い出す。回想するのも不快であったが、彼に負けずとも劣らない醜悪な兄がもうひとりいた。それが長兄のマキシスであった。

「やつとは悶着があったからなあ。対決は避けられないだろうな」

「ふふふ、ぶん殴って歯を折ってしまわれましたしね」

「ああ、こっちにやる気がなくても向こうにふたり分あるだろうしな」

「王座という珠玉の座を争う以上、対決は不可避でしょう。ただ、ふたりの姉上については問題ないかと」

「たしかシスレイアの姉はふたりとも嫁いでいるんだよな」

「はい、それぞれ、侯爵家と伯爵家に降嫁しております」

「この国では他家に嫁いだものは王位継承権が剝奪されるのだったな」

「その通りです。姉上方おふたりはライバルではありません。それに彼女たちはあまり権力に関心がありません。シスレイア様とも仲がよろしいですし、敵対するよりもこちらに取り込んだ方がいいでしょう」

「なるほど。たしかに味方はひとりでも多いほうがいいな」

「はい」

「しかしシスレイアが未婚でちょうどよかった。女王にすることも可能だ」

「ですね。しかし、そう簡単に女王になってくださるとは思えませんが」

たしかにシスレイアは最終的には女王を目指すと宣言していたが、今は機が熟していないとも公言していた。己の実力不足もあるが、国内情勢、帝国軍との軍事バランスなども考慮し、時期尚早だと思っているようだ。

それに彼女は女王に拘り（こだわ）がない。彼女がほしいのは民に幸せをもたらすことができる〝権力〟であり、権威ではないのだ。

「この情勢だと、望んで王位に就かれることはないでしょう」

「奥ゆかしい娘だからなあ」

「はい。なにか策はおありですか？」

「あるさ」

「さすがは天秤の軍師様、披露願えますか？」

「…………」

一瞬、沈黙してしまったのは彼女がシスレイアの腹心だったからである。俺の構想がシスレイアに筒抜けになってしまうことを恐れたのだが、彼女は賢い娘、話すべき内容と場所を吟味できる娘であった。安直に吹聴（ふいちょう）しないと思った俺は正直に話す。

「姫様に王位継承権があるのは知っていたが、それを利用するつもりはないんだ、実は」

「まあ、ではどなたを王に？」

「無論、それはマキシスではない。姉ふたりでもないぞ」

「――となるとシスレイア様の弟君？」

「正解。クロエは賢いな」

「王の子供は限られますから」

「ああ、シスレイアの弟、レインハルト殿下、御年一三歳、俺は彼を次期王にしようと思っている」

「若すぎませんか？　いえ、幼すぎると言ってもいいかも」

「そこが狙いだ。幼すぎる王には摂政が必要だろう」

「――なるほど、エルニア王国摂政シスレイア・フォン・エルニア、というわけですか」

「ああ、いい響きだろう」

俺が同意を求めると、クロエはにこりと微笑み返してくれる。

「ええ、その通りだと思います。最高に素敵な肩書きです」

「俺もそう思う」

素直な感想を口にすると、レインハルトに王位を継がせるにはどうすればいいか、考え始めた。

先ほども述べたがこの国には王位継承権というものがある。

国王がみまかられたとき、この順位の高いものが国王として即位するのだ。

基本的に国王の子供が上位になるように順位は決まる。

国王の長男が一位、次男が二位、三男が三位である。ただ、女性にはやや不利な方式で決まる。

女性は男系男児より下位の順番となるのだ。たとえ姉でも弟の下位となるのが通例だった。さらにいえば一度他家に嫁げば王位継承権は剥奪される。

異世界の〝フェミニスト〟が聞けば怒り狂いそうな方式であるが、この国では普通のことであった。

さて、小難しい話になったが、端的にまとめればシスレイアの弟、レインハルトの王位継承権は二位だった。ひとつ上にいるのが兄のマキシスだから、やつを取り除くことが出来れば必然的に彼が次期国王となるのだ。

「理屈としては簡単だな」

〝もうひとつの職場〟である図書館で独り言をつぶやく。

意地の悪い上司が嫌味たらしく咳払いをするが、無視をし、思考を続ける。

「ただし、この方策はあまり取りたくない。やつを排除するのは簡単だが、それは姫様が厭がる」

シスレイア姫は高潔にして清らかな姫、暗殺を忌み嫌う。

あの〝クズ〟だった次兄が死んだときにも深く悲しんだのだ。あのときは終焉教団という邪教徒どもが次兄ケーリッヒに入れ知恵をし、悪魔化までした末の自衛処置であったが、それでも彼女は深く傷ついた。

今現在は〝ただの人間〟である兄を暗殺するなど、彼女の思考法にはないだろう。ならば彼女の家臣としては彼女の心に従うまでだった。

「……まあ、一見、暗殺が最良にして最効率の方法に見えてそうでもないしな」

古来より、暗殺によって王位を得たものは数多いる。しかし、彼らがそれによって幸せになったかは甚だ疑問だ。身内を殺したという大罪に苛まれるもの、身内の身内によって仇討ちされるもの、色々なパターンによって破滅していく。

姫様にそのような運命は用意したくない。それに姫様は救国の姫将軍なのだ。国民がなぜ、彼女を支持するかといえばその清廉にして潔白な性格によるところが大きい。

ひっそりとスラム街の炊き出しに参加する有徳の志。

辺境の民のために命を捧げる篤い義心。

彼女がお忍びで街を歩けば、いつの間にか彼女の周りには子供たちの輪ができている。

そんな聖女のような娘だからこそ、この国の国民は彼女を支持するし、期待もするのだ。

安易に暗殺に頼ってこの手を汚せば、彼女の手が黒く汚れる。

彼女の心まで穢してしまうだろう。

さすれば国民の支持は波のように引いていくに決まっていた。

それは悪手だ。

シスレイアはマキシスと違って宮廷内に支持基盤がない。

門閥貴族の支援も望めない上、本人の領地も雀の涙だ。

唯一の武器は〝民からの信頼〟それだけだった。

たったそれだけを武器にして広大な領地と強大な武力を誇るマキシスに対抗しなければいけない。それは〝棒切れ一本〟で熊に挑むようなものなのかもしれないが、あるいはその棒切れこそが切り札にもなり得るかもしれないのだ。

棒切れとて急所に当たれば熊の目を潰すこともできるかもしれない。心臓に突き刺されば命を奪える可能性もある。

嘆いたところで領地も武力もわいてくるわけではないので、今はその武器を生かすべく策略を練るが、俺はとあることに気がつく。

「――そういえばレインハルトってどういうやつなんだ?」

シスレイアの弟にして現国王ウォレスの末子。

この国の一般常識として、あるいはシスレイアづてにその存在は聞かされていたが、俺は見たことがなかった。

軽くあごに手を添えながら、忌々しげに俺を見ている上司に尋ねる。

「司書長殿、つかぬことを伺いますが」

「君の有休申請は却下だ。なぜならばもうすでにすべて消化されているからだ」

「我ながら労働者の鑑ですな。しかし、聞きたいのはそのようなことではありません」

「昇級ならばもっとあり得ないぞ。君の労働評価はEだ」

「過分な評価有り難いですが、そのようなことでもありません。ちと、世間一般の常識を聞きたくて」

「世間一般では君のような不良司書を穀潰しというのだよ。……それで？　聞きたいこととはなんだね」

嫌味は忘れないが、質問には答えてくれるようだ。有り難いのでこちらも皮肉は言わずに尋ねる。

「この国には王子がふたりいますが、彼らの評判はどうでしょうか。――特に末の弟君の情報が知りたいです」

「そんなことか。しかし、私は新聞で得られる情報しか知らんぞ」

「それが知りたいのです」

本人の人柄を知らずに得られる情報、つまり全国民の共通認識と言うものを確認しておきたかった。上司は禿頭の頭を軽く撫でると吐息を漏らす。

「長兄であるマキシス殿下の評判はよろしくないな。漁色家で欲深いと聞く。恐れ多いが、このままなんの試練も受けずに王位に就かれれば国は立ち行かなくなるかもしれない」

「なるほど、それには俺も同意です」

「うちわの話だからな、口外するなよ」

「もちろんですとも。俺はあなたを敬愛していますから」

「ふん、私よりも厳しい上司が代わりに赴任してきたら嫌なだけだろう」

「見破られましたか、さすがです。それで末子のレインハルト殿下のほうは？」

「そっちか、そっちも芳しいものはないな。無論、一三歳の子供ゆえ、好色とか強欲とか謗られることはない。ただ、マキシス殿下とは違った意味で心配だ」

「と申しますと？」

「レインハルト殿下は生来の病弱なのだ。幼い頃の大病のせいで満足に歩くこともできないらしい」

「なるほど――そういうキャラか」

「ああ、今は帝国との戦争の重要な局面だ。国王がそのように貧弱では軍部も従うことはあるまい」

「確かにそうかもしれません。慢性的な帝国との戦争状態、軍部の力は肥大していますからね」

「というわけで軍部はマキシス殿下を次期国王に推している。継承順位からいってもそれが正当だしな」

「しかし、軍部とて一枚岩ではないでしょう」

「だな。殿下の尊大な態度を腹に据えかねている軍人は無数にいる。良識派と呼ばれる将軍たちは殿下と対立しているしな」

「お詳しいですね」

「伊達に長年、官吏をやっておらん。サン・エルフシズム新聞の今日の御皇族の欄も欠かさずチェックしておるわ」

偉そうなちょび髭をピンと伸ばし、自慢する上司。サン・エルフシズムとはインテリな新聞を読んでいるではないか。てっきり、トゥスポあたりを愛読しているかと思ったが。

そのように思ったが、本人には伝えることなく、話をまとめる。

「なるほど、よおく分かりました。一市民の貴重な意見、参考になりました。助かります」

「私としては君が仕事をしてくれたほうが助かるのだがね」

「それは後日ということで。あ、最後に尋ねたいことが」

「なんだね」

「ここだけの話、マキシス殿下とレインハルト殿下、どちらが次期国王に相応しいと思っていますか？」

「究極の質問だな」

「性悪の国王か、病弱な国王か、究極の二択ですな」

「ならば性悪の国王だな」

「ほう、理由をお聞きしてもいいでしょうか？」

「マキシス殿下は人としてはあれなお方だが、国王は人格でやるものではない。結果論として民を幸せに導ければいいのだ」

「ふむ」

「漁色家ということは子宝に恵まれるかもしれん。国王の務めのひとつに王統を残すというものがある」

「その点は優秀かもしれませんな」

「それに強欲というところも見方を変えれば国の利益に繋がるやもしれん」

「国王の利益と国益が一致すればそうなるでしょう」

「というわけだ。今現在、見えている範囲内ではどう考えても長兄のマキシス殿下のほうが国王にふさわしい」

「たしかに」

「というわけで二択ならばマキシス殿下を選ぶ」

「この国が民主主義を標榜していなくてよかった。上司と政治的に対立したくない」

「抜かせ。なんとも思ってないくせに」

「はは、さすがですな。それではフォン・アルマーシュ、仕事に戻ります」

そう言うと書庫に向かった。昼寝をするためではなく、書物の整理をするために。本当は働きたくなどなかったが、今日は上司に世話になった。彼の血圧を少しでも下げるため、真面目に仕事をすることにしたのだ。

その姿を見て上司は逆に困惑して血圧を上げることになるのだが、俺の気遣いは感じてくれたようで、途中、「コホン……」と咳払いしながら書庫にやってきてくれた。

「真面目に仕事をしているようだな。ま、これくらいじゃ勤務評価は上げてやれんが」

上司は恥ずかしげにそう言うと、こう続ける。

「先ほどの質問、二択だったからあのようになったが、もしも自分で選択肢を選んでいいのならば違う答えを選ぶぞ、私は」

「ほう、どのような選択肢を？」

興味深げに尋ねると、彼はこう断言した。

「もしも次期国王を選べるのならば、おまえのお姫様を選ぶ。シスレイア・フォン・エルニア、彼女こそがこの国の指導者にふさわしい」

その言葉を聞いた俺は満面の笑みを浮かべるとこう返した。

「奇遇ですな、小官も同じことを思っていました」

互いに頷き合うと、俺と上司は久しぶりに酒場に向かった。飲み会を開いたのだ。ふたりは朝まで梯子酒をすると、酒臭い格好のまま図書館に出勤した。それを見た女性職員は目を丸くしてこう評したという。

「なにかよくないことが起きるんじゃないかしら」

と――。

†

珍しく上司の好感度を上げた翌日、俺は姫様に宮殿に連れていってくれないかと願った。

彼女は目を丸くしながら問うてくる。

「宮殿――ですか？」

「うむ」

「エルニア王国の宮殿ですよね」

「アストリア帝国の宮殿に乗り込むのは姫様が大元帥に出世してからだな」

「エルニアの宮殿でしたらご案内できますが、なに用でしょうか？」

「君の弟と会っておきたくてね。人となりを知っておきたい」

「レインハルトと面会したいのですね」

「ああ」

「ならばそれは無理です」

きっぱりと言うシスレイア。迷いがない。

「弟を政争に巻き込みたくないという気持ちは分かる。しかし、もしもマキシスが王位を継げば粛清されるのは必定だぞ」

「分かっております。だからわたくしは弟を命懸けで守ります」

「ならばなぜ、会わせてくれないんだ。俺が信用ならないか？」

「まさか。レオン様のことは誰よりも信頼しています。弟に会わせられない事情があるのです。第一に弟は宮殿には住んでいません。王都の郊外の別荘に住んでいます」

「なるほど、物理的に住んでいなければ会うこともできないな。ちなみに宮殿に住んでいないのは理由があるのか？　国王やマキシスと折り合いが悪いとか」

「兄上と折り合いがいい兄弟などおりません」

「違いない」

　苦笑を漏らす。

「宮殿には国王陛下と兄上が住んでいますが、他の兄弟はそれぞれに屋敷や館を下賜してもらっています」

「君の弟もその例にならっただけか」

「はい。ただ、それには理由があります」

「拝聴しようか」

「弟は生まれながらに病弱なのです。先日も兄主催の晩餐会で倒れてしまった。そのまま王都郊外の別荘で療養しているのです」

「なるほどな、しかし、兄主催の晩餐会の後ってのが引っかかるな。いや、出来すぎかな」

「……兄上が毒を盛ったという噂もあります」

「動機は十分だからな」

「はい。というわけで今、弟は面会謝絶中です。何人も会えないと王妃が言っていました」

「王妃か。例の君を虐めていた？」

「いえ、彼女ではありません。弟を産んだ貴婦人、第三夫人となります」

「そっちからも嫌われているのか？」

「大切にされていたと思います」

「〝されていた〟ということは、今は違うってことだな」

「例の事件以降、あからさまに避けられております。マキシスの関与を疑っているようですが、わたくしも共謀している、と側近にそそのかされたようです」

「事実無根だな。しかし、第三夫人の中では真実なのだろうな」

「はい。ひとり息子の命が懸かっているのです。疑心暗鬼にもなりましょう」

「動機的にも十分考えられるからな、客観的に見れば。レインハルトが死ねば君の王位継承権は二位になる」

「………………」

　話題にするのも厭なのだろう。シスレイアは口をつぐむ。

「君と弟の関係は大体分かった。しかしその上で俺は君の弟、さらに第三夫人に会わなければならない」

「なにか企んでいるのですか？」

「まあな、そのうち纏めて話すよ」

「……わたくしはレオン様を信じております。そのレオン様が弟に会いたいというのならば最大限便宜を図りましょう」

「有り難いことだが、話を聞いている限り、正攻法では駄目そうだ。ここは裏からこっそり会うことにしようと思う」

「さすがは〝影の宮廷魔術師様〟」

シスレイアはそう評すと身支度を始める。付いてくる気満々のようだ。

まあ、今回の面談にはシスレイアが必要なので有り難いが。

シスレイアが衣服を着替えようとしたとき、俺の両目を塞ぐメイドのクロエ。

「ここからは殿方は立ち入り禁止です」

と言い放つ。

「分かってるよ。這（は）いつくばって出ていこうか？」

「変態っぽいので普通でお願いします」

「分かった。じゃあ、俺も着替えに戻るから、いつもの時計台の前に馬車を着けてくれ」

「それは構いませんが、レオン様はその服しか持っていないじゃありませんか」

「失敬な。同じデザインの服を何着も持っているだけだ」

「なんという手抜き。ファッションに掛ける情熱ゼロですね」

「メイド服しか持っていないおまえに言われたくない」

そう返すと自宅に戻り、同じデザインの中でも一番〝上等〟なものに袖を通す。

そのまま読みかけの小説に手を伸ばすと、やってきた馬車に乗った。

王族が乗るものにしては質素だが、王族専用の紋章が括り付けられている。無個性な馬車であるが、それだけが黄金色の色彩を放っていた。

馬車に揺られること数時間、王都の郊外に到着する。

あの大都会の王都から、ものの数時間でこのような風光明媚な場所にたどり着くのは不思議でしょうがなかった。そのような感想を漏らすとシスレイアが説明をしてくれる。

「ここは古代から存在するエルニアの景勝地なのです。エルニアの初代国王が王都の建設候補地を選定したとき、この地に近かったことが建設理由のひとつになったと聞いております」

「初代国王は雅なんだな」

「はい。以来、王族や大貴族が別荘を建てております。そのうちのひとつを弟が譲り受けたのです」

「なるほどな」

「この地は山水明媚な地です。自然豊か。空気も善いですし、病人の療養には最適です」

「国王もここにくればいいのにな」

「王は宮殿を離れられません。それに――」

手遅れです、とは言えないシスレイア。彼女の表情がわずかに沈んだので、本題に戻る。

「王族の別荘ともなれば警護が厳重だろうな」

「はい。普段から蟻の子一匹入れない警備体制だと聞いています」

「その上、暗殺を警戒しているヒステリックな母親もいる、と。ならば真っ正面からいったら、追い返されるだけか」

その結論にシスレイアは同意する。彼女のメイドも。

「ではレオン様、どうされますか？　正面突破も武力的には可能ですが？」

懐から懐中時計を取り出すクロエ。

やる気満々であるが、ここで武力突破は悪手だろう。

「やってやれないことはないが、俺がしたいのは穏やかな面談だ。気が立った母犬をなだめ、紅茶を飲みながら弟の将来を真剣に考えたい」

「ならばこっそり作戦ですね」

「そっちで行くつもりだ。しかし、そのためにも情報を集めないとな」

別荘の所在地と間取りを記した地図を広げる。

「立派な別荘だな。ていうか、城並みの規模だ」

「有事の際は城としても機能するように作られています」

「さすがは王族だ。しかし、城というのは言い得て妙な形容だな」

「自画自賛ですか」

呆れるクロエ。

「まあ、そういうな。城ってことはつまり抜け道があるってことだ。古来より抜け道のない城などない」

「なるほど、たしかにそうかもしれませんね。しかし、問題はどうやって抜け道を見つけるかです。この別荘を建築したドワーフを探しますか」

「この別荘は築三〇〇年を超えているよ。ドワーフといえども生きてはいまい」

「では手当たり次第に穴でも掘りますか？　運良く抜け道が見つかるかも」

「それも悪くないが、もっと合理的な方法を使う」

「と言いますと？」

「姫様の記憶を辿る」

「……安直な」

「安直ではあるが、確実だ。俺は君がこの別荘の湖畔で弟と撮った写真を見た。昔、ここに滞在していたのだろう」

「はい。さすがはレオン様ですね、わたくしの館には何百枚も写真があるのに、よくあの一枚に気が付かれました」

「目ざといだけだよ。——あの写真に写っていた君とその弟は元気いっぱいだった。あの元気さならば別荘の探索ごっこでもやっていたんじゃないかな、ってね」

「さすがはレオン様です。正解です。実は幼いレインハルトにせがまれて、地下道を探索しておりました。あの当時は別荘を抜け出すくらいの元気があったのです」

「やっぱりな。で、秘密の抜け道はどこに？」

「この先の森の中です。大岩の下に秘密の階段があります」

「ビンゴだな」

クロエとふたり、微笑むが、シスレイアは眉をひそめる。

「……しかし、抜け道は途中までしか知りません。当時からレインハルトは病弱でしたので小一時間で戻ってきたのです」

「つまり、出口は知らないってことですね」

肩を落とすクロエ。シスレイアもそれにならうが、俺は余裕綽々の笑みを崩さない。

「なあに、外側の入り口が分かっていれば十分だよ」

「出口のほうが大切なのでは？　衛兵のど真ん中に出てしまえば我々は喜劇役者になってしまいます」

クロエの言葉であるが、その通りだ。しかし、俺の頭の中には数万冊の蔵書群がある。その中でも建築関連の書物が役に立つ。つまり、俺は建築の知識にも造詣が深いのだ。

「エリートの集まる魔術学院出身だが、実は建築科にも興味があってね、そっちにも願書を提出していた」

「まあ」

と驚くシスレイア。

「意外な過去ですね。まかり間違えば宮廷建築師 兼 軍師様になっていたということですね」

「その通り。ま、俺の有り余る才能は魔術や軍学に向けられたわけだが、好奇心旺盛でね。建築科の授業にももぐりで参加していた」

「勉強熱心な学生さんだったんですね」

「ああ、〝当時〟から熱心だったんだよ」

と返すとクロエはくすくすと笑う。〝現在〟の勤務態度からは想像も付かない、と言いたいようだが軽く無視をすると当時学んだことを披露する。

「建築物の見た目は千差万別だが、内部構造は皆、似たようなものなんだ」

「たしかにどの建物も内部は代わり映えしません」

「だろう。理由は単純で、人間、天井にドアを付けてもくぐれないからな」

「なるほど」

真面目な表情で頷くシスレイア。――冗談を真に受けているようだ。純真な娘である。可哀想なので本当のことを言う。

「――こほん、まあ、もうひとつの理由が本命なんだが、建築物の内部が似ているのは、構造上の問題だ。建築物は物理学を利用して建てられている。柱の位置や壁の位置を計算して建てられているんだ。そうしないと強度を保てず、崩壊する」

「柱が邪魔だからと切り取ることは出来ないと言うことですね」

「そういうことだ。つまり、先ほど見せて貰った間取りから、出口の場所はおおよそ推測できる」

そう宣言すると地図と間取り図を睨めっこする。

ふたりの少女の視線が俺に集まるが、気にせず別荘側の出口に見当を付けるが、別荘横にある炭焼き小屋に見当を付ける。指をさしながら、

「ここだな、おそらくは」

と言い切った。

「この粗末な炭焼き小屋ですか？　王族が逃げ出す場所とは思えません」

クロエの指摘に答える。

「だからだよ。まさか王族がこんなところから逃げ出すとは思えない場所に脱出路を作っておくんだ。心理的なトリックだな」

「なるほど」

「森からの通路を計算するとここが一番効率的だ。ここ以外有り得ない」

そう主張するとシスレイアも同意してくれる。

「たしかにここには幼き頃から入るな、と厳命されていました。王族が立ち寄るような場所ではない、と躾けられていたのです。しかし、使用人たちも近づけないように施錠されていました。当時から妙だと思っていたのです」

「確定だな。じゃあ、あとは大岩を見つけるだけだが」

「それについてはわたくしにお任せください。夏になるたびにこの辺を庭として駆け回っていました」

「シスレイアみたいなお姫様がねえ」

「わたくしはこう見えて男の子のように元気いっぱいだったんですよ」

ふふふ、と笑みを漏らす。

本当かな、と疑っているとクロエが教えてくれる。

「シスレイア様は虫が好きでカブトムシを捕まえていたのです。ドオル族はカブトムシをフライにするのですが、シスレイア様がくれたカブトムシを揚げてしまったら、泣かれてしまいました……」

その逸話を聞いてなんとも言えない顔になる俺。色々な誤解が重なったのだろう、と同情をしたが、その逸話を掘り下げるよりも今は大岩なるものを探しに行くべきだろうと思った。

俺たちはシスレイアの案内のもと、森の中へ入っていった。

途中、大きなクヌギの木にカブトムシが数匹いた。

シスレイアは目を輝かせていたが、昆虫採集はお預け。今は大岩を探すほうが先決であった。

幸いなことに大岩はすぐに見つかる。森を歩くこと十数分、最深部に大岩は存在した。おそらく、

数万年前から存在するだろうそれは、巨体を横たえ、無言で存在感を主張していた。

手分けし、大岩の周囲をぐるりと調査する。シスレイアいわく、くぼんでいる箇所があり、そこに手を入れると地下への階段が出現するらしい。

手分けしたおかげか、一〇分ほどでそれらしき箇所を見つける。

散っていた姫様とメイドさんが集まると俺は代表して手を突っ込もうとするが、メイドのクロエが不穏なことを言う。

「待ってください、レオン様、不用意に手を突っ込んでもいいのでしょうか」

その言葉で手を空中で止める。

「……たしかにな」

そのやりとりにシスレイアは首をかしげる。

「このくぼみには幼き頃、何度も手を入れました。わたくしも弟もです」

「まあ、姫様は王族だからな」

シスレイアはさらに不可解な顔をする。

「つまりこのくぼみは王族しか触れられない仕掛けになっているかもしれないということです。平民が手を入れたら食いちぎられてしまうかも」

「まあ」

やっと危険性を理解したシスレイアは口に手を添え驚愕(きょうがく)する。

「では、ここはわたくしが」

と続けるが、それは手遅れだった。先ほど空中で手を止めた俺だが、実はほとんどくぼみに手を付けていた。慌てて離そうとしたが、逆にそれがよくなかった。逆にべたあっとくぼみの奥を触ってしまう。

くぼみに触れるとその周辺が光り出す。魔術的装置が動き出したのだ。

ごごご、と地響きが聞こえ、それと同時に階段が出現するが、それと同時に俺の右手がなにものかによって食い付かれる。

「ぐ、ぐああああああ!!」

なにものかによって食い付かれた俺の身体(からだ)は反射的にのけぞる。苦痛で顔を歪(ゆが)めながら大声を発する。

それを見ていたシスレイアは顔を真っ青にしながら近寄ると、「レオン様!」と寄り添う。

彼女は一生懸命に俺の手を引き抜こうとするが、所詮は女の力。ぴくりともしない。

涙目になりながらクロエに協力を求めるシスレイア、クロエは冷淡に傍観しているだけだった。

「クロエ! なにをしているのです。レオン様の右手が食いちぎられそうなんですよ! このままでは左手だけでなく、右手も失ってしまいます」

俺の左手は義手なのだ。それも姫様のために失ったのだ。これ以上、自分のために身体を犠牲にしてほしくない。そのような感情が彼女の胸中を支配しているのだろう。必死であった。

――だからこそ、クロエは手伝えないのだが。

クロエはやれやれという吐息を吐くと、冷静に状況を説明した。

「おひいさま、よく観察ください。くぼみはとても浅いです。レオン様の右手はよく見えてますよ」

どういうこと？　シスレイアはそのように右手を観察するが、恐慌状態の彼女はまだ意味を理解しないらしい。

「血も牙もありません。ただ、光っているだけです。――担がれているんですよ、レオン様に」

「――担がれている？」

やっと事態を把握したシスレイア、彼女は烈火の如く怒る――ことはなく、安堵の溜め息を漏らす。

「――良かった。レオン様の右手が無事で」

「…………」

このように心臓に悪い悪戯を仕掛けたにもかかわらず、怒るどころか逆に喜ぶおひいさま、それが彼女の性格を端的に表していた。

（まったく、人が善すぎる）

呆れながらそのように評価すると、俺は改めて主に謝る。

「いや、すまない。ここで悪戯をしたら受けると思って」

「心臓が止まりそうでした」

「とても趣味が悪うございますね」

ふたりはそのような台詞(せりふ)を漏らすが、それ以上俺を責める気はないようだ。有り難いことだったので現れた階段に視線をやる。

「あれが件(くだん)の抜け道か」

「そのようですね」

シスレイアのほうを見ると彼女はうなずく。

「子供の頃以来ですが、鮮明に記憶が蘇(よみがえ)ってきました」

「よし、ならば早速入るか」

「そうですね。しかし、松明(たいまつ)を忘れてしまいました」

まさか地下通路に潜るとは夢にも思っていなかったクロエ。所持品に松明はないようだった。しっかりもののメイドらしからぬ失態だが、問題はない。なにせ俺は〝魔術師〟なのだ。

「一家に一台、万能包丁と魔術師ってね」

そのように戯けるとシスレイアの小剣を拝借する。

立派な意匠を凝らした剣、その先に指を添えると魔力を注ぎ込む。

ぼわあっと黄色い光が広がると、地下道の入り口を照らし出す。

その光景を見てシスレイアは「まあ」と驚く。

「魔術師様は本当に便利ですね。ランタンも松明もいりません」

「ああ、おかげで身ひとつで旅に出れるよ」

「うふふ、本は持ってらっしゃるようですけどね」

俺の鞄(かばん)から溢(あふ)れていた蔵書群を思い出し、にこりと微笑むシスレイア。

「食料は忘れても狩りをすればいいからな。しかし、本はそういうわけにもいかない。少しでも気を抜くと積み上がってしまう」

「いわゆる積読というやつですね」

「そういうこと。俺の目標はこの世のあらゆる本を読み尽くすことだ」

「ならばその時間を作れるように努力します」

シスレイアはそう宣言すると、光り輝く剣を携え、地下道の入り口に入った。

薄暗い地下道。蜘蛛(くも)の巣が張り巡らされており、何年も人が踏み込んだ形跡がない。おそらく、シスレイアとレインハルトが遊び場所として活用して以来、使われていないのだろう。

子供が遊び場所にしていたということは危険なところはないのだろうが、それでも気を引き締めて進もうと思った。


シスレイア姫を先頭に歩みを進める。

最も戦闘力が低いシスレイアを先頭にするのは彼女の戦闘力に期待していないからだ。有事の際は俺とクロエが前線に立てばいい。戦闘の際は後方に下がり、光源として活躍してもらうつもりだった。

　まあそれでも〝おひいさま命〟のメイドは文句を言ってくるが。

「レオン様、なぜ、おひいさまを先頭にするのです」

「光源を持っているからな。それにここは彼女の遊び場だった場所。道を知っている」

「道もなにも一本道ですが」

「たしかに」

　そのようにやりとりしているとシスレイアが言葉を挟んでくる。

「クロエ心配しないで。この地下道は危険な場所はないわ。モンスターもいないし」

「それは昔の話かも」

「先ほど蜘蛛の巣を見たでしょう。なにかが出入りしていれば気がつくわ。それにもしもモンスターがいても遅れは取りません」

　光り輝く剣で空を切り裂く。地下道の壁に影が躍る。自分の実力をアピールしているようだ。

「レオン様に敵わないのは当然ですが、クロエにもそうそう劣りませんよ」

　それは過大評価であるが、我々を心配させないための処置だろう。それに俺が姫様に万が一など起こさせるつもりはない。仮にモンスターが現れたら、禁呪魔法で瞬殺するつもりだった。

　そのように説明するとクロエは渋々、シスレイアの先頭行動を認めるが、それでもまだなにか言いたいらしい。

「モンスターはともかく、トラップがあったらどうするのです。先頭を行くものが引っかかります」

「ですね。しかし、子供の頃はなにもありませんでした」

「道中の半分まででですよね。別荘側には行ったことがないと言っていたではありませんか」

「たしかにそうですが、設計者がもしも罠を用意しているとしたら、前半部分にもあると思っています」

「王族には反応しない仕掛けかも」

「ああいえばこういうメイドだな。心配なのは分かるが、この地下道を設計したものに魔術の心得はない。入り口はともかく、道中はなんの魔力も感じない」

「この抜け道の設計者はドワーフと聞いています」

「ならばそんな器用なことはできないだろう」

「ですです」

シスレイアと共に楽観論を述べる。基本、軍師は最悪の事態を想定するものだが、時には大胆にいかねば「リターン」は得られないのだ。今はトラップの心配をするよりもいかにして別荘にたどり着くかの方が先決であった。

そのように考えていたが、その考えは間違っていたかもしれない、と思うような事態が起きる。

地下道も中頃に差し掛かった頃、それは起きた。

シスレイアを先頭に歩いていると、円形の石畳を見つける。

今まで歩いていた場所とは明らかに違う構造だった。

明らかな作為を感じたが、ここはまだシスレイアが探索していた場所だから、という理由でなんら対策もせずに石畳の上に乗ってしまった。三人同時に。

三人が石畳の上に乗ると、ガチャリという音が響き渡り、石畳がぱかりと開く。地面から暗闇が覗(のぞ)き込んでいる。

俺たちは一瞬で重力のくびきから解放される。

ひゅうっと地下のさらに地下に落ちていくが、メイドのクロエははだけるスカートを押さえながら俺のほうを見る。

「レオン様……」

スカートの端から下着を見ていることにキレているわけではないだろう。俺は素直に謝る。

「どうやら王族か否かで反応するトラップではなく、単純に体重で反応するトラップが仕掛けられていたようだな。子供の体重では作動しないようだ」

重力に身を委ねながら冷静に言い放つが、その態度がクロエの癇に障ったのだろう。じろりと睨みつける。

その姿を見てシスレイアが窘めてくる。

「クロエ、レオン様を責めないでください。レオン様とて万能でもなければ全知でもないのです」

「そうかもしれませんが、このまま落下すれば我々は死んでしまいます」

「定番ですとこの下にはトゲトゲがあって串刺しにされるのですよね、我々は」

「だな。しかし、それはない」

「どうして言い切れるのです？」

「今から魔法を掛けて落下速度を落とすからだ」

「そのまま浮上して元の位置に戻りたいのですが」

「三人もいるとそれは難しい」

「それでも宮廷魔術師ですか」

「本業は司書だよ」

そう嘯(うそぶ)くとシスレイアとクロエに魔法を掛ける。

《浮遊》の魔法だ。この魔法は地上からわずかに浮き上がり、地震などから身を守る魔法である。応用すればこのようなときにも身を守ることができた。

俺たちは《浮遊》のおかげで地面に激突せずに済んだ。

「なんだ、串はないじゃないか」

そのようにため息を漏らすが、シスレイアの下着が丸見えになっていることに気がつく。どうやら落下の途中でなにかに引っ掛けてしまったようだ。クロエの下着を見てもなんとも思わなかったが、姫様のそれはくるものがあった。頬を染めてしまう。クロエは姫様を遮るように立つと、鞄の中から裁縫道具を取り出す。この場で縫うようだ。

アルマーシュ家は紳士の家系なので背を向けるが、色々と申し訳ないので彼女たちに謝る。

シスレイアは相変わらず寛容であるが。

「気になさらないでくださいまし。服というものはいつか破れるもの」

「そういう意味じゃない。トラップの存在を軽視した。軍師失格だ」

「いえ、わたくしが安全と言い切ってしまったのが、いけなかったのです。反省しています」

「いいや、これは軍師の責任だ——などと言い合っているといると話は進まないな。ここはふたりの責任ということで」

「はいな」

顔は見えないが花のように微笑んでいるに違いない返答だった。

クロエが振り向いてもいいというので振り向くが、そこにはいつものシスレイアがいた。クロエの裁縫技術は見事なものであった。

「針子仕事もこなしてこそのメイド道です」

「是非、今後も極めてほしいな」

とメイドさんを褒めると、そのまま先に進むことにした。

今度はクロエが前である。その後ろにシスレイア、最後尾を俺が務める。

姫様をがっちり守るプリンセス・ガードの陣形だった。

三人はそのまま地下迷宮を進む。ここの上層とは違い人の手がほとんど入っていない。天然の洞窟をそのまま利用しているようだ。

「ドワーフが工事を進めていたら見つけたので、そのまま罠として利用しようとしたのでしょうか」

クロエが尋ねてくる。

俺は答える。

「おそらくはな。串刺しにされなかったところを見ると、天然の迷宮になっているか、もしくはとんでもない守護者(ガーディアン)が潜んでいるかのどちらかだな」

「双方かも」

「あり得るな」

苦笑いを浮かべるが、それは現実となる。

半刻の間迷宮をさまようが、上層部に戻る手段が見つかることはなかった。

「階段もなければ坂もないな。同じところを何度も見るし」

「ここは最初の地点に戻って、落ちてきた場所から戻るというのはどうでしょうか?」

「すでにぶ厚い蓋で閉じられていたよ。とんでもなく固い岩だから削岩は無理だ。やってやれないことはないかもしれないが、周囲が崩れ落ちて死ぬ可能性のほうが高い」

「……残念です」

「となると普通に上層部に抜ける道を探すしかありませんね」

「あれば、の話だがね。ない可能性もある」

そのように最悪の想定をしていると、クロエが「っし」と己の口に人差し指を添える。

俺とシスレイアはクロエに注目する。

彼女は亜人ドオル族、人並み以上に感覚が優れているのだ。

「――今、風の動きを感じました」

「風があるということは外に通じる道に繋がっているということですね」

「そういうことです」

「どちらから吹いているか分かりますか？」

「ええ、方角は。しかし、そちらの方角を探してみたのですが、道がなくて……」

「なるほどね」

そう漏らすと俺はクロエが指さした方角の壁を調べる。

「こういうのは隠し通路があるってのが相場だ。先ほどから見るに魔術的な施工ではなく、物理的な施工のな」

壁を注意深く探していると、壁の隙間から風が漏れていることに気が付く。

「なるほど、ここがそうか」

「隠し扉ですね」

「みたいだな。――おっと、ここか」

くぼみを見つけると、押してみる。

ぱかりとくぼみの下が開き、そこから【操作装置（コンソール）】が出てくる。

「暗証番号でしょうか？」

「パズルのようだな。これを解けば壁が開くらしい」

さてと、と周囲を確認する。

「俺はインテリな自覚はあるが、パズルが苦手なんだ」

「つまり、私に解けと？」

「期待している」

と言うとクロエは渋々、パズルを解き始める。

五分ほど睨めっこすると、「閃（ひらめ）いた！」という表情をし、操作装置（コンソール）を弄（いじ）り始める。

「クロエは月刊メイドの友のクロスワードパズルや数字パズルを解くのが趣味なんです」

「へえ、……って、月刊メイドの友ってなんだ」

「エルニア中のメイドさんのための機関誌です。たしか、サン・エルフシズム新聞の系列会社が発行をしているはずです」

「マニアックな雑誌だな」

「失敬な、由緒正しい雑誌ですよ。今使っている髪飾りはメイドの友の付録です」

「豪勢な付録だな」

「昨今、出版社も大変なのです」

クロエはそう言い切ると手早くパズルを解いていく。

安心しながらその光景を見つめていると、クロエは「ふう」と額の汗を拭う。

「完了です。あとはエンターを押すだけ」

「さすがはパズル愛好家だな。手早い」

クロエは胸を反らしながらドヤ顔をし、エンターを押す。


たーんっ!!


最高に決まった音が響き渡るが、なにも反応しなかった。

しーん、と洞窟が静まりかえる。

「……なにも反応しませんね」

「だな」

俺たちはクロエを見つめると、彼女はテヘペロする。

「失敗しました、てへっ」

「毎月パズルコーナーを見ているんじゃないのか」

「見てはいますが、得意とは言っていません」

開き直るクロエ。

「翌月号に答えが載っているのですが、ほとんど間違っています」

「偉そうに言うな！」

頭を叩きたくなったが、シスレイアの手前出来ない。それに俺もパズルが不得手な以上、上から目線で叱ることはできなかった。

仕方ないので俺もパズルに挑戦するが、一〇秒で知恵熱が出てきた。まったく、面倒くさい。困り果てているとシスレイアが控えめに挙手をした。

「――あのう、もしよろしければわたくしが解きましょうか？」

「姫様が？」

「はい。月刊メイドの友のパズルならば何度か解いたことがあります」

「ならばお願いしよう」

気軽に言ったのはすでに諦めていたからだ。

俺の頭はすでに壁の強度計算で占められている。最悪、禁呪魔法で壁を破壊しようと思っていたのだ。その計算が済むまで姫様にパズルを担当して貰おうと思ったのだが、その計算はもろくも崩れ去る。

姫様がものの三秒でこう言ったからだ。

「――あの、解けちゃったみたいです」

申し訳なさそうに言う姫様。

クロエは「有り得ない」と操作装置(コンソール)を覗き込む。無論、解けているかの判断はできないが。

俺も半信半疑なので同じように覗き込むが、先ほどのクロエの解答とどこが違うのかも分からなかった。

なのでまあ「吹かし」だろうと気軽にエンターを押したのだが、エンターを押した瞬間、入力装置が光り輝く。


『認証を確認しました。扉を開きます』


無機質な女性の声が響き渡る。

声の残響が無くなると「ごごご」と地響きを始め、扉が動き始める。見事な仕掛けであるが、それよりも驚くべきは姫様の知能だった。俺とクロエが解けなかったパズルをたったの三秒で解いてしまったのである。

俺とクロエは姫様を見つめる。

「ジーニアス」

「さすひめ」

それぞれの言葉であるが、姫様は謙遜する。

両手を前に突き出し、「いえいえ」と振る。

「天才ではありません。お二方の手順を見ていたから分かったんですよ」

「いや、あのパズルの複雑さはそんなレベルじゃヒントにもならんよ」

「そういえば姫様が月メのパズル欄を見ていたところを見たことがありますが、だいたい、三秒くらいで見終えていました。ただ、読み飛ばしているのだと思っていましたが、もしかして速攻で解いていたんじゃ」

「…………」

沈黙するお姫様、どうやらその通りらしい。

まさしくジーニアスだ。

そのように感嘆していると、姫様は顔を真っ赤にするので、囃し立てるのはこの辺にしておく。

「これからパズルが解けないときは姫様に頼るとして、奥に進まないとな」

「ですね。メイドの友の懸賞付きパズルはおひいさまにお願いしますが、それよりも先が大事です」

「……恥ずかしい」

三人はそのまま壁の奥に進む。

ただ、大分時間を浪費してしまった。俺はクロエに時間を尋ねる。

彼女は懐中から時計を取り出すと、時間を告げる。

「時刻は一八時でございます」

「日が沈んでいる時間だな。キャンプでも張るか」

反対意見はゼロだったので、適当な場所を見つけると、テントを組み立てる。

俺がテントを張り、クロエが料理を始め、シスレイアがそれを補佐する。

役割分担が出来上がっているので、ものの三〇分でキャンプの用意が調う。

俺はクロエが用意した固形燃料に《着火》の魔法を施すと、焚き火に火をともす。

焚き火はキャンプの基本にして中心地、そこを中心に活動が始まる。

クロエは焚き火でフライパンを温め、シスレイアは湯を沸かす。

俺は暖を取りながら、彼女たちがご馳走を用意してくれるのを眺めた。


彼女たちが用意してくれたのはとびきりのご馳走だった。

まずはシスレイアが淹れてくれた紅茶で喉を潤す。

東方のメバと呼ばれる地方で採れた高原紅茶。この品種の紅茶は香りの持続性があり、また温度変化にも強い。旅に持って行くには最適だった。

またシスレイアの淹れ方も最良のものだった。お湯の温度も最適でティーカップも温められている。およそケチを付ける要素のない淹れ方である。そんなふうに見つめていたからだろうか、シスレイアは恥ずかしげに目を伏せる。

「恥ずかしがることじゃない。褒めているんだ」

「……先生を褒めてください」

つまり茶の湯の師匠であるクロエを褒めろということだろうが、当の本人は超然としていた。

「おひいさまはなんでもできる完璧お姫様なのです」

「違いない」

というと彼女は熱した鉄板にオリーブ油を入れた。

じゅうっと白い煙が立つと、そこに水に漬けておいたパスタを入れる。

「乾燥パスタは水に漬けておけばすぐに火が通るんですよ」

「メイドさんの知恵だな」

「メイドの友の八月号に載っていました」

「職場に戻ったらバックナンバーを探すよ」

そのようにやりとりしているとクロエは刻んだニンニクとショウガ、唐辛子などを入れる。

とても良い香りが鼻腔(びこう)をくすぐる。

「すごいな。料理の名人だ」

「料理は科学です。手順を守れば同じものが作れます」

「手順を知っているのがすごいんだよ。兵法と一緒だ」

「ですね。調理場はメイドの戦場です」

そう宣言すると手際よくフライパンを操る。数分ほど火を加えると、皿の上に盛り付ける。

「さあて、出来上がりましたよ。水戻し乾燥パスタのクロエ風です」

塩とニンニクとショウガ、それに唐辛子だけのシンプルなパスタ。

しかし、その味は絶品だ。

頂きますと言うと同時に口に運ぶと、香ばしい匂いが口の中を支配する。

「やべえな、これは美味(うま)い」

上品にパスタを口に運ぶシスレイアも同意する。

「クロエのパスタは絶品なんですよ。お代わりをしてしまうこともあるくらいです」

「ふふふ、今日もそう言われると思ってお代わりを用意しています」

クロエは笑顔でフライパンを開ける。そこにはふたり分のお代わりがあった。どうやら俺の分のお代わりを用意してくれていたようだ。彼女は真っ先に食べ終わった俺の皿の上にパスタを載せる。

「有り難い。しかも食べたい量を量ったかのように載せるのな」

「ええ、これがクロエのすごいところ。まるで胃を透視しているかのように食べたい量が分かるんです」

俺とシスレイアの視線はメイドさんに集まるが、彼女は笑顔で説明する。

「その日の気温、湿度、それに前当日の運動量などを見て食事の量を決めます。レオン様の精度はまだまだですが、おひいさまの精度は一〇〇パーセントを誇っていますわ」

自信満々に言うクロエ。これもメイドの友のおかげなのだそうな。

「メイドの友、おそるべしだな」

こりゃ、本気でバックナンバーを漁るか、そのような感想を持ちながら、二皿目のパスタを食べ終えた。一〇分後、遅れてシスレイアも食べ終えると、クロエは洗い物を始める。水源がないので簡易的なものだったが、それでも早めにやっておかないとこびりついてしまうのだそうな。

その姿を後ろから見つめていると、シスレイアがぽつりとつぶやく。

「わたくしのメイドさんは最高のメイドさんです」

「それには同意だ」

「はい。彼女と巡り会えたことがわたくしにとって財産となるでしょう」

「ああ、大切にしな」

「はい。……しかし、心苦しいこともあります」

「心苦しい？」

「はい。クロエを束縛しているのではないか、と思います」

「そんなことはないぞ。幸せそうだ」

「……そう信じていますが、彼女は自由に生きた方が幸せなような気がするのです」

「兄のことを気に掛けているのか？」

「それもありますが、彼女も本来、自由の民。ドオル族はひとつところに留まる性格ではないと聞きます」

「流浪の傭兵部族だからな。根無し草だ」

「自由を何よりも尊いと感じているのでしょう」

「ならば気にする必要はない。クロエは自由だ」

「………」

「彼女は自分の自由意志で森を出て、自由意志でお姫様と出会って、自由意志でお姫様に仕えて、自由意志でメイドの技術を磨いて、自由意志で君の〝友達〟になったんだ」

「……クロエの自由意志」

「そうだよ。兄と一緒に王都を出なかったのもクロエの自由。もしもこの先、この国の有力者すべてを敵に回し、一〇万の大群に囲まれても彼女は君を守るだろう。彼女の自由意志によって。だから気にする必要はない。君が君であり続ける限り、クロエは君の側にいてくれるだろう」

「……レオン様」

　愁いに満ちた視線で俺を見上げるシスレイア。そのしっとりと濡れた瞳はとても美しく、吸い込まれそうになる。――いや、吸い込まれてしまった。俺の身体は俺の意志に反して動き、彼女の前に一歩歩みを進め、吐息が掛かるような距離に入ってしまう。

そのまま彼女のあごに自然と手が伸びる。

——以前読んだ恋愛小説の主人公そのままの行動をしてしまう。

俺の頭は勝手に動き出し、彼女の唇を狙おうとするが、それはクロエによって遮られる。

——正確にはクロエがさっき作ったパスタによってだが。

シスレイアが顔を歪めたのだ。彼女は俺の口から発せられるニンニクの匂いに気が付いたようだ。

その渋面を見て冷静さを取り戻した俺は、一歩下がると彼女の肩をぽんぽんと叩いた。

「ま、まあ、クロエはずっと側にいてくれる。君とクロエはセットだからだ。応援しているぞ」

無理矢理纏めると、シスレイアは嬉しそうに頷いた。

彼女に真意を悟られなかった俺は、ほっと胸を撫で下ろし、テントに向かおうとするが、いつのまにか洗い物を終えたクロエの視線に気が付く。彼女はじーっとこちらを覗き込んでいた。

視線が合うと、彼女は口だけを動かし、なにかを言っているように見えた。

微妙に読唇術の心得がある俺は、彼女の唇の動きを読む。


「こ・の・い・く・じ・な・し」

どうやら彼女はそのように俺をなじっているようだ。

当然のことを指摘されただけなので、なにも感じないが、大軍を突撃させるにも女性を口説くにも勝機というものがあることを思い出す。前者のほうは自信があったが、後者は完全に落第点だった。

俺は歯を磨くとそのままテントで眠った。

翌日目覚めると探索を再開する。

隠し扉を抜けると、地下道は末広がりに広くなっていった。

さらに遠くから湿った空気が漂ってくる、というのがクロエの報告だ。

「地底湖でもあるのかな」

というのが俺の推測だったが、それはぴたりと当たる。数時間歩くと大きな地底湖に出くわす。

クロエは嬉々（きき）としながら洗い物を始めたので、代わりにシスレイアに相談する。

「まさか、ここまできて湖に出くわすとは思っていなかった。水着は持っているか？」

「持っていません」

真面目に答える。

「しかし、幼き頃は川遊びをするときなどは全裸でした。もしも泳がなければいけないのであれば――」

彼女が服を脱ぎ始めたので慌てて止める。

「大丈夫だ。魔術師なんだからいくらでも方法がある」

と言った。

俺は洗い物をしているクロエに声を掛ける。

「水は真水か？」

「ええ、飲料水にもなりそうです」

「そうか。ならば浮力は期待できないな」

《水上歩行》というアメンボのように水の上を歩ける魔法があるが、真水の上だと負荷が高い。流れもないようだし、ここは《水中呼吸》の魔法のほうが適切だろう。

水中呼吸とは周りに空気の球を作り出し、水中の中でも歩くことが出来るように浮力を奪う魔法であった。これならば空気の球を大きくすればいいだけなので、団体行動も楽勝だった。

「問題なのはこの湖に魔物がいないか、だが」

湖面を見つめるが、邪悪な感じは漂ってこない。波ひとつない穏やかな湖だった。

それについてはクロエが考察をくれる。

「魔物も生物です。湖に魚などがいなければ生きられません」

「だよな。この湖には魚はいないそうだ」

「ということは必然的に魔物もいない、ということですね」

「そういうことだ。まあ、通過しても大丈夫だろう」

「信頼しております」

「ありがとう。ま、もしもいても通過するしかないんだけどな。地上に出なければ飢え死にしてしまう」

「ですね」

昨晩、美味(おい)しいパスタを頂いたが、手持ちの食料は永遠ではない。ダンジョンを通るなど想定していなかったから、最低限しか持ってこなかったのだ。

一刻も早く地上に出るべきだった。

というわけでさっそく、空気の球を作り出すと、その中に入るように指示する。

シスレイアはおそるおそる球体に手で触れ、ぬうっと入っていくが、クロエはぴょこんと一気に入る。この辺も性格が如実に反映される。

「すごいです。まるでおとぎ話の世界です」

「幼き頃、読んだ絵本で水の中を散策する女の子がいたのですが、あれにそっくりです」

「これは現実世界さ。まあ、球体の中にいれば普通に息はできるが、酸素は有限だ。過剰に呼吸して消費しないでくれ」

ふたりはこくりとうなずくと息を止める。

「いや、今はたっぷり吸ってくれ。球体に入ってから節約するんだ」

そういうと深呼吸を始める。なかなかに可愛(かわい)らしい光景だった。

用意が整ったので、三人同時に球体の中に入ると、俺は球体をコントロールする。

「ちなみに結構コントロールは難しいから、道中、なにかあったらサポートを頼む」

了解しました。お姫様とメイドは即答してくれた。

地下迷宮に広がる地底湖、その中に入る。

光源はシスレイアの剣だけだったが、それでも十分だった。

この地底湖の水は透明度が高かったし、地底湖の天井にはヒカリゴケと呼ばれる光を放つ苔が広がっているので、視界に困ることはなかった。

むしろ、地底湖の複雑にして幻想的な地形を楽しめるほどに視界が良好だった。

その光景を見てシスレイアは素直に感嘆の台詞を漏らす。

「まるで天上か涅槃の世界のようです」

「たしかに幻想的で蠱惑的ですね。実は我々はすでに死んでいて、天国の入り口で惑っていると聞かされても信じてしまいそうです」

「まあ、あの世には行ったことがないが、きっとこのような光景が広がっているんだろうな。魔術師としてはそのことを確認したいが、無理だろうな」

「どうしてですか？」

「地獄に落ちるから」

平然と言うとシスレイアは「そんなことはありません」と抗弁する。

「レオン様のような善人が地獄に落ちるなどありえません」

「そんなことはないよ。俺がいったい、何人の人間を殺してきたと思う。俺が落ちないのならばそれこそ世の中、間違っている」

「むう、ではわたくしも地獄にお供します」

「それは駄目だ。君には天国に行ってもらって蜘蛛の糸で引き上げて貰う予定なのだから」

そのように冗談を飛ばすとシスレイアはくすくすと笑ってくれた。

それが堪らなく心地よかった。

ただ、その心地よさも永遠には続かない。

地底湖の前方になにか気配を感じたのだ。

最初に反応したのはクロエだった。俺たちを微笑ましく見ていた彼女の目が鋭くなる。

「宮廷魔術師様の推測によるとこの地底湖に生物はいないと聞きました」

「それは間違っていないだろう。現に魚の子一匹いない」

周囲を確認するが、魚影は確認できない。おそらく、魚の餌となるプランクトンが棲めない水質なのだろう。

「となると前方の影は魔物ではないのでしょうか？」

「生物ではないイコール魔物ではないはずだが――」

「だが――？」

「普段は陸上で生活していて、この地底湖には水浴びに来ているだけかも知れない」

「なるほど」

「あるいは別の湖に繋がっていて、そっちで餌を捕っている可能性もある」

「さすがはレオン様、博学です」

シスレイアは賞賛をくれるが、ふたつの考察は見事なハズレだった。

湖底からものすごい勢いで突進してきた黒い物体の正体は生き物ではなかったのだ。

それはたしかに魚の形をしていた。巨大な鮫を思わせるような流線型の魚類、しかし、やつに鱗はない。肉もなければ骨もなかった。

あるのは鉄の骨格だけだ。

そう、この湖底の主は〝古代魔法文明〟の機械だったのだ。

「あ、あれは……」

息を呑むシスレイア。

「機械の魚――、摩訶不思議な」

これはクロエの感想であるが、その感想は正しい。

「魔術学院じゃ、古代魔法文明のことをこれでもかと頭に叩き込まれるし、魔法文明の遺物も触られるが、このように見事な〝守護者〟を見たのは初めてだ」

教授連中もここまで見事な機械人形は見たことないんじゃないか、と続ける。

「この地下道の設計者さんは意地悪です。一見、魔法を使っていない人力だけの迷宮に見せかけて不意にこんな仕掛けを用意しておくなんて」

「それには同意だが、まあ、抗議したところで設計者のドワーフは墓の下さ」

「そうですね、我々にできるのはあの化け物の対処だけです」

「そういうこと。しかし、あのさっきも言ったが、俺はこの泡玉をコントロールするだけで手一杯だ」

「ならばここは私が」

とメイド服を捲(まく)し上げる。それを必死で止めるはシスレイア。

「クロエは泳げないではないですか」

「……」

精神的に数歩よろめいてしまう。猛々(たけだけ)しい割には役に立たない娘である。

「おひいさま、違います。私は泳げないわけではないのです。ただ、水に入ったことがないだけ。ドオル族は泳ぐ習慣がありませんから」

「………」

一瞬、ばっちいなと思ってしまったのがバレたのだろう。クロエは笑顔で睨みつけてくる。

「泳ぐ習慣がないだけで、お風呂には入ります。村には公衆浴場もありますから」

「それはよかった。ぶっつけ本番で泳げるか?」

というと俺は泡玉を右にやる。すると先ほどまで俺たちがいた場所を機械の鮫が通る。鮫は巨体を湖底にぶつけるが、ダメージらしいダメージはなかった。

「泳げます。泳いで見せます」

「ならば次の攻撃を回避した瞬間、泡を解除する。いきなり水中に放り出されるが混乱するなよ」

「分かっています」

「なんとか、あの岸にたどり着け。どんな無様な泳ぎでもいいから」

「一命に代えてもおひいさまを守って見せます」

笑顔の誓いはなによりも頼もしい。

「では目一杯肺に空気を送り込んでおけ。五秒後に解除する」

そう言い放つと機械の鮫が突進してくる。それを紙一重で避けると泡を解除する。水中に放り出される三人。

シスレイアは思いの外、水泳が得意なようだ。おそらく子供の頃に川で泳いでいたタイプなのだろう。スイスイと進む。

一方、クロエはガボガボと大量に泡を吐き出している。やはりドオル族と水の相性は悪そうだ。ただ、それでも必死にもがき前に進んでいるのは大したものだった。おそらく、生まれ持った筋力のみで推進力を生み出しているのだろう。効率が悪い泳ぎ方だが、贅沢(ぜいたく)は言っていられない。なぜならば機械の鮫がものすごい勢いで彼女たちを捕食しようとしていたからだ。

それを遠目から見ていた俺は（やれやれ）と心で呟くと魔法の詠唱を始めた。

氷河を生み出した、
凍てつくものの母よ、
我に氷の槍を与えよ。

《氷槍》と呼ばれる氷系の魔法を唱える。水棲にして機械系のモンスターには雷魔法が定番であったが、今は無理だ。なぜならばあの鮫のすぐ側に姫様たちがいるからだ。

となると一番相性のいい魔法は氷の槍と相場が決まっていた。

俺は槍を構えると猟師のようなフォームで氷の槍を投げつけた。

半透明に近い蒼い槍は真っ直ぐに飛んでいく。

氷の槍はやつの泳ぐ速度を超えていたので容易にやつを捕捉すると突き刺さる。

機械の鮫は悲鳴を上げないが、それでものたうち回る。

――機械にも痛覚はあるのだろうか。

不思議な感想を持ったが、敵意はあるようで、やつはこちらを睨みつけてくる。

憎悪がこちらに変わったようだ。俺を喰らおうと牙を研ぎ澄ましている。

（それでいい。姫様たちが岸につけばあとはどうにでもなる）

そのように不敵な感想を抱くと、水中で闘牛ならぬ闘鮫に興じることにした。

シスレイアは必死に泳ぐ。

泳ぎは幼き頃以来だが、体が覚えているようで、思ったよりも上等だった。

三分ほどで岸にたどり着くと、後方を振り返る。するとレオンが機械の鮫に襲われているのが目に入った。慌てて引き返そうとするが、クロエが「ガボガボ」と泡を出しながら阻む。

彼女の口は「レオン様の行為を無駄にしてはいけません」と言っているように見えた。冷静になったシスレイアはレオンが最高の軍師にして最強の魔術師であることを思い出す。

クロエと一緒に岸に上がる。

シスレイアが上がった岸は小さな岸だった。

半径十数メートルほどの面積しかない。対岸ではなく、途中にある小島であった。

「……ならばまた泳がなければいけませんね」

ため息を漏らす。かなりの距離を泳がなければならないからだ。しかも機械の鮫がうろつく湖を。

正直、青ざめるが、それでも前に進まなければならない。

「レオン様が用意してくれた時間です。無駄にはできません。すぐに湖に入りますが、クロエ、大丈夫ですか？」

「大丈夫です。お任せください。どうやらクロエの前世は東方の妖怪の河童だったようです」

主人を心配させまいと戯けるクロエ。有り難いことだったので早速、水中に入ろうとするが、そのとき、とんでもないものが浮かび上がってくる。

湖の底から赤い液体が浮かび上がってきたのだ。

この湖には生物はいない。ならばあの赤い液体を流したものは――。

最悪の想像が頭をよぎるが、それでもシスレイアは湖に飛び込んだ。

その姿を見てクロエは思う。

「……ご立派です」

と。

先ほどの血液、もしかしたらレオンは機械の鮫に食べられたかもしれないのだ。しかし、その可能性を考慮しても飛び込むタインミングは今しかないと判断したのだろう。今を逃せば鮫から逃げ切れる可能性はない。レオンの死を無駄にするかもしれない、と判断したのだ。

ただのお姫様にできる判断ではない。まさしく一軍の将の判断だった。

(立派になられましたね。これもすべてレオン様のおかげです)

レオンと出会う前までのシスレイアはまさしくお姫様だった。大望と気高い志を持ってはいるが、将としての器量はないただのお姫様。しかし、レオンと出逢(であ)ってから変わった。急速に変化をしたのだ。ただ人々を慈しむだけのお姫様から、状況に応じて有益な判断ができる指導者の才能に目覚めつつあった。

クロエの願いはシスレイアが笑って暮らせるような世界を用意することだった。

そのためにはレオンの知力と武力が必要だと思っていた。ゆえに彼に全面的に協力しているのだ。

おそらくではあるが、彼はシスレイアをどこまでも高みに導いてくれるだろう。

だからクロエは彼が、レオン・フォン・アルマーシュが鮫如きに負けるとは思っていなかった。

鮫ごときに食われるなどとは思っていなかった。

必ず生還する。

対岸で再会することを疑っていなかった。だからシスレイアの後ろに続き、泳ぎ続けた。自分でも無様なポーズだと思うし、レオンに小馬鹿にされること必定であったが、早く小馬鹿にして欲しかった。なんとみっともない泳ぎ方だと笑ってほしかった。

そんなことを思いながら必死で泳ぎを進めるが、何気なく後方を振り返るとそこにいたのは巨大な機械仕掛けの鮫だった。

クロエは肝を冷やしながら、懐から懐中時計を取り出すと、それをぶん回した。

魔力を帯びた時計は機械仕掛けの鮫の鼻に当たる。

鮫はのけぞると、後退を始めた。

ただ、撤退をする気はないようだ。距離をとると物欲しそうに無機質な視線を向けてくる。

（……まったく、躾(しつけ)の悪い機械です）

心の中で製作者に文句を言うとシスレイアに視線を送る。一部始終を見ていたシスレイアと一緒に息継ぎをするため、湖面に出ると、彼女に語りかける。

「レオン様はどうやら止むに止まれぬ事情でどこかに避難されているようですね」

「でしょうね、レオン様があのようなものに負けるとも思えません」

「はい」

同意をするが、クロエは〝とある〟ことに気が付いていた。しかし、それは黙っておく。〝大切なおひいさま〟が悲しむようなことは知らせるべきではないのだ。

そのように決意するとクロエは言った。

「今、この場で戦闘力を持つのは私のみ。おひいさまは正直、邪魔です」

「…………」

シスレイアは自分が武力の人ではないと知っているのだろう。命をかけるべきはここではないことも。黙ってうなずくとそのまま対岸に向かった。

それを確認したクロエは大きく息を吸い込むと、湖中に戻る。

（……レオン様の仇は私が取る!!）

そのような決意をしながら。

そう、宮廷魔術師レオン・フォン・アルマーシュは死んでいたのだ。

あの醜悪な化け物に食べられてしまったのである。

シスレイアは気が付かなかったようだが、クロエには見えていた。人間よりも遥かに目がいいクロエにはしっかりと見えていたのだ。

――機械仕掛けの鮫の歯、その間にレオンの義手が挟まっていることを。

巨大な鉄の牙の間に挟まる鋼鉄の義手、それはまさしく先ほどまで一緒に泳いでいた軍師のものであった。

（こいつ、レオン様を……）

クロエは唇を嚙みしめる。

レオンの笑顔が脳裏に浮かぶ。

けだるげに本をめくる軍師の姿が浮かぶ。

つまらなそうに雲を見つめる魔術師の姿も。

過去のレオンすべてが走馬灯のようにクロエの脳を駆け巡る。

クロエから友人を、おひいさまから大切な人を奪った機械の鮫に例えようもない殺意が湧く。

ただただ破壊衝動だけがクロエの心を支配していく。

（老朽化の魚類が!!）

心の中でそう叫ぶとクロエは懐中時計に魔力を込める。それをぶんぶんと回しながら泳いでいく。

途中、クロエは懐中時計を回すことで推進力を得られることに気が付く。

スクリューと同じ理屈で推進力を得られているようだが、この際、理屈はどうでもよかった。

にっくき化け物に一秒でも早く接敵出来る方が有り難い。クロエは自前のスクリューで機械仕掛けの鮫に接近するとその身体に懐中時計をめり込ませた。

ぐにゃりと曲がる鮫の背骨。

まるで鉄骨を殴りつけたような感覚が手に伝わるが、その表現は間違っていない。この鮫の骨はなんらかの金属なのだから。いったい、どのような理屈で動いているかは分からないが、この化け物に攻撃が通るということが分かっただけでも有り難かった。

(これならばレオン様の仇を取れる)

そう思ったクロエは口元を歪ませる。

水中でも戦えると分かった瞬間、泳ぎも達者になるのが不思議だった。

水中を舞うように懐中時計の連撃を加える。

クロエの武器は懐中の時計。古代魔法文明の遺物。特殊な時計でなにやら魔法の効果があるらしいが、詳しいことは知らない。クロエにとって重要なのはその時計が頑丈で伸縮自在ということだけ。自身の馬鹿力をこれでもかと攻撃力に変換してくれるのだ。

この時計を譲ってくれた「お師匠様」に感謝をしながら連撃を加えていく。

みるみるうちに背骨や腹骨などがひしゃげる機械の鮫。

勇壮に泳ぎ回っていたときの面影はすでにない。

このまま攻撃を加えていけばクロエの勝ちは疑いないが、そう簡単にことは運ばなかった。

二七発目の打撃を加えた瞬間、異変に気が付く。

（ま、曲がらない……）

先ほどまでは飴細工のように曲がっていた鮫の骨が曲がらなくなったのだ。

一瞬、鮫が強化された。古代魔法文明の真の力が発揮された。そう思ってしまったが、クロエは気が付く。

（……違う、そうじゃない。私が弱体化しているんだ）

クロエは己の腕の振りが遅くなっていることに気が付く。

なぜ？

と問う必要はないだろう。クロエの肺は先ほどから悲鳴を上げていた。締め付けられるような感覚を覚えていたのだ。

酸欠――。

もしもクロエのステータスを表示することができれば、そのバッドステータスが付いていることは疑いなかった。

（水の中とはこんなに苦しいのか……）

クロエは表情を青ざめさせながら湖面に上がり、息を吸うが、それも数秒だけ。それ以上、呑気に深呼吸をすれば鉄の鮫に食われることは必定だった。

クロエは仕方なく、短く息継ぎをしながら攻撃をするが、その攻撃は確実にか細くなっていく。

もはや最初の勢いは皆無だ。

(――水中の戦闘がここまで難しいだなんて、計算違い。このままでは――)

私も食べられる、そう思ったが、攻撃の手を緩めることはなかった。

レオンの敵討ちをしたい、その気持ちが強いこともあったが、それ以上に湖上のおひいさまのことを考えていた。おひいさまは今、泣いているはずだった。"愛する人"が水面に現れない異常事態、それを不審に思っているはず。彼女の鋭い勘はレオンの死を予期しているかもしれない。さすれば彼女の顔は涙で濡れているだろう。その儚(はかな)い心は今にも砕けてしまいそうに違いない。

敬愛する主にそのような感情を抱かせる機械など、この世から消し去ってしまいたかった。

それがクロエの戦う理由であった。

クロエは逃げない。おひいさまの代わりに戦う。最後の最後まで打撃を与え続け、相打ちになるつもりだった。

そのため、クロエは攻撃の手を緩めると、水中で動きを止めた。

それを確認した鉄の鮫は一瞬、動きを止めるが、すぐに移動を再開する。クロエを喰らおうとこちらに向かってくる。

(化け物! このクロエを食べなさい。そのときがおまえの最後だから。おまえの胃の中でこの懐中時計を爆発させてやる)

クロエの魔法の懐中時計、その効果のひとつに爆発というものがある。懐中時計を爆発させるのだ。本来、望まぬ物の手に渡るのを防ぐ機能だが、こんな使い方も出来る。

機械と相打ちというのは気にくわないが、ここでこいつを殺さねば、シスレイアが死ぬ可能性もある。レオンかクロエ、そのどちらか、あるいは双方が死ねば、彼女は躊躇（ちゆうちよ）することなく、敵討ちをすることだろう。それだけは避けたかった。

だから諸悪の根源となりえる機械との相打ちを選んだわけだが、その選択肢は最後まで実行されることはなかった。

すべてを覚悟した瞬間、クロエの耳に聞き慣れた声が届く。

『見事な忠勇ぶりだな。おまえこそおひいさま一番の忠臣だよ。しかし、こんなところで死ぬ必要はない』

すぐにその声がレオンの物だと察することが出来た。しかし、どこから？　まさか、天国？

湖面を見上げるが、クロエは首を横に振ると湖底を見る。

彼がいるのならば地獄だと思ったのだ。

その様子を見てレオンは苦笑いを浮かべる。

『ま、日頃の行いが悪いのは認めるがね。俺はここだよ』

そう言うと、鉄の鮫の後方、そこにレオンの存在を確認する。彼は全身ずたぼろではあるが、空気の球の中で健在だった。

（レオン様！）

『よお、クロエちゃん』

気軽に返答すると、彼は言う。

『見たとおりの光景だ。俺はヘマをしてやつに食われ掛けた。しかし、生きてはいる』

クロエの安堵を見ると彼はにこりと微笑む。

『まあ、無事は無事だが、しばらく戦闘はできない。だから《念話》の魔法で君に指示を飛ばすが、俺の指示に従ってくれるか？』

天秤の軍師に従わぬものなどどこにいようか、とクロエは深くうなずく。

『有り難い。さっそくだが、突進してくるあの鉄の鮫、あいつの歯に俺の腕が挟まっているだろう？』

こくりとうなずく。

『紙一重で避けて、あの義手に攻撃してくれ。そうだな、角度を六〇度ほど反対にしてくれ』

即座にうなずくが、クロエにはレオンの真意は伝わらない。

この火急のときになぜそのようなことを、そう問い返したかったが、そのような時間はなかった。

今はただただ、天秤の軍師様、影の宮廷魔術師の知謀を信じるだけだった。

腹をくくって軍師を信じる。

そうと決まればあとは楽だった。

自身目掛け、突進してくる魚の動きを読み紙一重でかわす。

鮫の動きはとてつもない速さであったが、単調であった。先ほどの戦闘で行動パターンは読み切ったので、一度くらいならば回避は余裕だった。問題なのは避けつつやつの歯に一撃を加えることだが、それは困難を極めた。闘牛士のようなコツがいるからである。

しかし、クロエはそれをなんなくこなす。

こなさざるを得なかったからだ。

クロエの顔はすでに紫色、酸素欠乏症に近かった。二度目はないと思ったのだ。ならば一回目で決着を付けるしかない。そのような姿勢で挑んだのだが、それが功を奏した。

やつの突進をかわしたクロエはそのまま義手が挟まっている鮫の歯に攻撃を加える。やつの歯は曲がることはなかったが、レオンの義手は六〇度ほどやつの口内に向かった。

それを見た瞬間、クロエは、

(これか！)

と思った。

遠方からその光景を確認したレオンは、

『そうだよ』

と、つぶやいた。

その瞬間、レオンの義手は轟音(ごうおん)を上げる。

火を噴く。

レオンの義手の手首が開き、そこから大砲が飛び出したのだ。

そう、レオンは義手を遠隔操作したのだ。

レオンの義手はドワーフの名工が作り上げた物だ。防水機能も持っていた。短時間であれば水中でも火薬がしけることはないのだ。そしてレオンは水中でも、離れた場所からでも《着火》の魔法を使う魔力があった。

魔術師レオン・フォン・アルマーシュはその力を利用し、離れた場所から義手の大砲を放ったわけである。

鉄の鮫もまさか自分の歯に挟まっていたものがそのような危険なものだったとは夢にも思っていなかったのだろう。無防備な腹に直接、炸裂弾をお見舞いされた。


ズドーン!!


水中ゆえ、音は聞こえないと思ったが、水は空気よりも音を伝える性質がある。クロエの鼓膜は破けそうなほどの轟音を受けるが、なんとか耐えると機械の鮫が破壊される瞬間をその目に刻みつける。

鋼鉄の化け物は爆散する。浮力を失い湖底に沈んでいく。

クロエはその姿を最後まで観察することはなかった。それよりもこの化け物を倒した英雄の姿をその目に収めたかったのだ。クロエは化け物の後方にいるはずのレオンに向かって大きく手を振る。

彼は空気の球の中で不敵に微笑みながら、親指を突き立てている。

なにか喋(しゃべ)っているようだが、おそらく、

「アイルビーバック」

と言っているような気がした。

鉄の鮫が完璧に沈黙したのを確認すると、クロエは湖面に顔を出し、シスレイアに視線を送る。彼女は言われるまでもなく即座に地底湖に飛び込むと、そのままレオンのところへ向かった。先ほどの《着火》で魔力を使い切ったのだろう。空気の球はなくなり、水死体のようにぷかりと浮かんでいた。

シスレイアは普段の穏やかな姿からは想像できないような速度でレオンを救出すると、そのまま岸へ連れて行った。

地底湖に浮かぶ小島にレオンを引き上げると、シスレイアはレオンの胸を確認する。上下しているか見たのだ。しかし、恐ろしいことにレオンの胸は動いていなかった。

「……心肺停止!?」

医学の知識があるシスレイアの顔は青ざめた。

慌てて胸の上に顔を寄せると心音を確認する。たしかにレオンの心臓からは鼓動を感じられない。シスレイアは即座にレオンの胸をはだけさせる。意外と筋肉質な胸を意識してしまうが、シスレイアは気にせず心臓マッサージを始める。

骨が折れてもいいくらいに押す。それが心臓マッサージのコツであったが、シスレイア程度の筋力では骨が折れる心配は不要だろう。それよりも早く心臓を動かし、空気を送り込みたかった。なのでレオンの口に着目するとそのまま口づけをしようとするが、それはクロエに止められる。

「おひいさま、おやめください」

「なぜです。レオン様の命が惜しくないというのですか」

「まさか、レオン様の知謀と魔力は大陸随一。このクロエの命と引き換えにしてもお守りしたい存在です」

「ならば一刻も早く人工呼吸を」

「駄目です。王室典範では一六の誕生日を越えた生娘は、最初に接吻(せっぷん)をした相手と結婚をしなければいけない、となっています」

「その典範は古すぎます。すでに死文と化している」

「しかし、だからといってこの国の未来を担うお方が破るのはどうかと」

「……！」

話にならない。そう思ったシスレイアはクロエの制止を振り切ってレオンに口づけしようとするが、この期に及んでクロエは止める。それも物理的に。

シスレイアを押しのけると、「私が代わりに人工呼吸します」と申し出た。

「クロエには人工呼吸の心得があるのですか？」

「昔、部族の男の子が蛙（かえる）のお尻の穴にストローを刺して膨らませているのを見ました」

「なんて酷（ひど）いことを！　それにレオン様は蛙ではありません」

「そうですね。でも、蛙のほうがましかも。少なくとも蛙は人を欺きません」

どういうことですか？　シスレイアがそのような表情をするとクロエはレオンの唇に指を添える。

「こういうことです。レオン様、いい加減、死んだふりはやめてください。おひいさまは騙（だま）せても
このクロエは騙せません」

断言するとレオンのまぶたがぴくりと動く。次いで唇も。

「……やれやれ、さすがはドオル族だな。聴覚が化け物じみている」


「レオン様!!」


シスレイアは驚愕の声を上げる。

「やあ、お姫様、ご機嫌麗しゅう。フォン・アルマーシュ、地獄より生還しました」

少しだけ戯けながら言う。

「どういうことですか？」

シスレイアはきょとんと俺の顔を見つめるが、クロエはジト目で見つめる。

ふたりの視線のアンバランスさが可笑しかったが、種明かしをする。

「いや、シスレイアがあまりにも真剣なのでからかっただけさ。途中から意識を回復したんだが、ここで死んだふりをしたらどうなるか、実験したかった」

「実験……」

「魔術師としての知的好奇心だ。許せ」

ぶっきらぼうに言うが、少しだけ後悔する。シスレイアはいまだ驚愕の表情をしているので罪悪感が生まれたのだ。しかも彼女は怒ることはなく、むしろ、嬉しそうにしているから余計に胸に刺さる。

「……よかったぁ。レオン様が無事で本当に良かった」

何度もつぶやく。

こうなってくると本当に申し訳なくなってくるが、そこはクロエがフォローしてくれた。

「死んだふりをしつつ、おひいさまの唇を狙ったというわけですね。私が気が付かなければ来月には祝言でした」

「それな。俺の計画がおじゃんになるところだった。ま、未遂でなによりだ」

強引に纏めると、先ほど対岸から飛ばしておいた荷物類を漁る。新しい義手を手に装着するのだ。

その光景を観察するふたり。

「予備の義手をお持ちでしたんですね」

「ああ、ドワーフの技師に頼んでおいた。俺の生命線だしな。実際、さっきの戦闘でもこれがなければ負けていた」

「はい。しかし、まさか敵にわざと左腕を食わせた上に、遠隔操作で大砲を使うとは思っていませんでした」

「敵に食われたのは偶然というか、俺のミスだよ。ま、そこから活路を見いだすのが俺のすごいところかもしれんが」

「はい、さすがレオン様です。毎日のように尊敬する箇所が増えていきます」

「そいつは有り難い。さて、服を乾かしたら先に進もうか。構造上、この先に行けば上層部に出られるはず」

「そのようですね」

クロエは耳と身体で風の動きを読み、俺の予測を補強してくれる。

「二〇〇メートルほど先に通路があるようです」

俺はクロエの感覚を全面的に信用していたので、そこに出口があると確信した俺は休憩を取ることを提案する。

シスレイアとクロエも同意してくれる。

「そうですね。思わぬ水泳で体力を消費しました。それに服を乾かさないと」

見ればシスレイアの服はびしょ濡れだ。ブラウスが少し透けて下着が見えている。

俺は頬を染め上げると視線をずらす。

その姿を見てクロエは意味ありげに、「ふふふ」と笑った。見透かされているようでムカツクが、これから料理を作ってくれるものに文句は言えない。

「ささ、おひいさま、お着替えです。濡れたままでは風邪を引きます」

「それはクロエも同じではないですか」

「その通りです。でも、クロエはメイド服なので大丈夫なのです」

「……??」

メイド服の生地は厚く、黒なので透けないという理論であるが、シスレイアは意味を測りかねているようで頭の上に「???」を浮かべている。

クロエはそれを微笑ましく見つめながら、シスレイアの両肩を押す。そのまま岩陰に入ってお着替えを始めたようだ。

「まあ、おひいさま、お胸が大きくなっていますね。ブラのサイズを上げなければ！」

わざと俺に聞こえるように言う辺り、明らかに俺をからかっているのだが、効果てきめんであることは認めなければいけない。ことこの手のことに関しては俺はクロエにも劣るのだ。

そのように溜め息を漏らしながら、火を起こす。

着替え終えた彼女たちは、さぞ身体を冷やしていると思ったのだ。

まずは暖を取って落ち着かせたかった。


焚き火を囲みながら、三人で温かいスープを飲む。

ジャガイモとコーンをすりつぶしたものに、砂糖とチキンスープの素を混ぜたものであるが、とても美味い。野菜の甘みが舌を温かく包んでくれるからだ。

揚げたパンも入っており、これだけでお腹を満たせるくらいにボリューミーだった。

半分程度飲み終えると、これからのことを話す。

「構造上、上層部に出ればレインハルトの別荘に出る。つまり、姫様の弟との面会はすぐに叶う」

「久しぶりの再会です。弟は元気にしているでしょうか」

「元気にしてくれていないと困る」

――なにせ、もうじき、王様になって貰うんだから。

心の中でそのようにつぶやくが、そろそろ、シスレイアにも計画を披瀝するべきかと思った。

俺はシスレイアがカップから口を離した瞬間を見計らって話し掛ける。

「――姫様、弟のことで相談があるのだが」

「弟を次期国王にする件でしょうか?」

「……なんだ、気が付いていたのか」

「はい。レオン様ならばそうするかと思っていました」

「ならば君を摂政にする計画もばれているかな?」

「なんとなく、予期していました」

「では答えから聞く。俺の計画に賛同するか?」

「します」

「即答だな。もっと考えてもいいんだぞ」

「何日も悩んだ末の結論です。この国を救うにはそれしかないでしょう。それにわたくしはこの世界を救いたいと最初に会ったときにお伝えしたはず」

「だな、しかし、この国の法律では君が女王になれる可能性は少ない」

「兄と弟のほうが継承権上位ですからね。それは分かっています」

「当初の約束通り、君を女王にすることは出来ないかも知れないが、君を〝女王〟と同等の権力者にすることは出来る」

「有り難いことです。あのときも言いましたが、わたくしがほしいのは権威ではなく権力。この国を変える力です」

「いい覚悟だ。さすがは俺のお姫様」

「……ただ、ひとつだけ心配があります」

「なんだ？」

「弟に国王が務まりましょうか？　弟は病弱であると同時に気が弱いのです」

「だからこその摂政だよ。君が弟の足りない部分を補えばいい」

「……足りない部分を補う」

「君にはそれができるはずだ」

シスレイアはしばし思索すると、「はい」とうなずいた。

「それでいい」

「覚悟は出来ました。未来地図（ビジョン）も見えています。しかし、もうひとつ不安が。弟が王位争いに参戦すれば兄のマキシスが弟を疎ましく思うでしょう。……血みどろの争いになるかも」

「なんだ、そんなことを心配していたのか」

「心配します。実の弟です」

「その口ぶりならば弟の勝利を願っているようだな。それならば心配ない。君の心配ももっともだが、ふたつの理由によって杞憂（きゆう）であると断言する」

「お聞かせ願えますか？」

「ひとつ、君の弟が王位争いに参加しなくても、マキシスは君の弟を許さない。王位に就くか、就く前に暗殺するだろう。先日の事件を忘れたか？」

「やはり先日の事件は兄の仕業……」

「他に動機のあるものはいない」

「どのみち、戦うしかないんだよ。君も君の弟も。ならば共闘したほうがいい」

「分かりました。共闘します。わたくしが義母を説得します」

「有り難いことだ」

「して、ふたつ目の根拠はなんでしょうか?」

「そっちか、そっちはもっと単純明快だ。ふたつ目の根拠、それは君には最強の宮廷魔術師 兼 軍師が付いているということだ。そいつの名はレオン・フォン・アルマーシュ、そいつが一匹いるだけで、三個師団ほどの安心感がある」

そうそぶくと、シスレイアは表情を崩す。

全面的な信頼を寄せ、こう言った。

「三個師団ではなく、一〇個師団分の信頼感があります」

と——。

第二章　シスレイアの弟

†

レオンとシスレイア、クロエがこのように地下迷宮をさまよっている間、地上ではこのような悪巧みが行われていた。

エルニア国内にある終焉教団の根城のひとつ――。

終焉教団とはこの世界の終焉を願う狂信者の集まり。

この世界にいくつもの根を張り、諸王同盟と帝国双方を煽り、戦争を継続させていた。

彼らはふたつの巨大勢力が争っている隙を狙い、各地に地下茎を巡らせていたのだ。

この根城もその成果であり、ここで行われている謀議もそのひとつだった。

この席の議長とも思しき人物は苦々しく言う。

「昨今、帝国に有利に傾いていた戦況が変わりつつある」

「そんな！」

「ありえない！」

「まさか！」

終焉教団の幹部たちは驚愕の声を上げるが、秘書官と思しき教徒が水晶玉からデータを射出すると、皆、沈黙する。

それは教団の諜報部門が集めた極秘データ。各国の精密な国力である。そのデータが間違っていたことは一度もなかった。

「これが昨年の帝国の戦力、これが今年のものだ。六三から五九に下がっていることが見て取れる」

議長は一拍置くと続ける。

「たかが四の低下と侮ることなかれ。帝国側が四下げれば諸王同盟は四上がる。両勢力の戦力比は埋まりつつある」

苦虫を噛みつぶしたような表情を浮かべる議長。

「もはや語るまでもないが、我々終焉教団の目標はこの世界の終焉。そのために常に戦争を煽っている。このままでは諸王同盟が帝国を上回る可能性もある。あるいは両勢力が〝講和〟する可能性も。そうなれば我ら終焉教団の地下茎など、一夜にして滅ぼされるだろう」

終焉教団は両国が生まれる前から存在する組織であるが、両大国の力に比べれば生まれたての雛のようなもの。正面から戦えば九九パーセント負けることは決まっていた。

そうならないよう、それを気づかせないように地下から陰謀を巡らせているのだが、その努力を水泡に帰する存在が現れつつあるのだ。

その男の写真が空中に投影される。

「……この男が帝国の戦力四を削った男だ」

ざわめきが起こる。どこにでもいるような平凡な男に見えるようだ。

それぞれに感想を述べるが、誰かが代表して言う。

「猊下(げいか)、失礼ながらこの男はただの魔術師にしか見えません。いったい、誰なのです」

「この男は先日、諸王同盟の中核国のひとつ、エルニアで武官となった男だ。シスレイア姫という女のもとで軍師をしている。前職は司書」

「司書!?　ただの司書が帝国に打撃を与えたのですか」

「そうだ。この男が帝国の部隊を破った。あの巨人部隊(タイタン・フォース)を破ったのもこの男だ」

「な、なんですって!?　し、信じられん」

「わしが嘘(うそ)をついているとでも？」

「ま、まさか、そのようなことは。しかし、あの斜陽のエルニアにこのような男がいるとは」

「ああ、各国の士官学校に間諜(かんちょう)を忍ばせているが、ノーマークであったよ。まったく、人材とはどこに隠れているか分からない」

議長は目の前にある茶に口を付ける。

「しかし、だ。現実にやつは存在する。しかもやつはかの〝天秤(てんびん)の軍師〟ではないかという報告もある」

「天秤の軍師!? あの世界に調和をもたらすという伝説の」

「そうだ。終焉をもたらす我らとは対極の存在。我らと対をなす光の存在だ」

「ならばその男を至急抹殺すべきかと」

「分かっている。そのための謀議だ。我ら終焉教団エルニア支部はこの男、〝レオン・フォン・アルマーシュ〟の抹殺に全精力を傾ける。異論があるものはいるか?」

議長は周囲を見回すが、いなかったので続ける。

「いないな。では、誰が実行するかだ。天秤の軍師を殺す名誉は誰がになう?」

議長は周囲を見回すが、誰も挙手しない。レオンの実績が書かれた書類を目にした幹部たちは恐怖心を覚えているようだ。あの最強の巨人部隊(タイタン・フォース)を駆逐する手腕を評価しているようである。

議長は不機嫌に周囲を見回したが、ひとりだけ挙手するものがいた。

議長は「ほう」と感心しながらあごを撫(な)でると、そのものの姓名を口にした。

彼の名は、

「エグゼパナ」

終焉教団の導師である。

やはりこいつか。

議長はにやりとする。

終焉教団の幹部である議長はこの出世欲の強い導師を決して好いていなかったが、過小評価もしていなかった。その貪欲なまでの出世欲、嫉妬心は評価していた。

この男は教義のために教団に入ったわけではない。

食うために教団に入ったと漏らしていたそうだが、狂信的に終末を望むだけの凡俗な教徒よりも遥（はる）かに有能であった。ゆえに重宝し、目を掛けていたのだ。

今回も必ず名乗り出るとは思っていた。

しかし、この男、一度失敗しているのである。教団に伝わる悪魔の神器を持ち出し、エルニアをふたつに割る工作を担当させたが、それに失敗したのだ。ゆえに閑職に回されていたという経緯があるのだが。

終焉教団に〝二度目〟の失敗はない。

次は死を賜って一足先に終焉の地に向かわなければいけないのが教団の掟（おきて）であったが、エグゼパナはそのことを理解しているのだろうか、尋ねる。

「エグゼパナよ、二度目の失敗はないが、分かっているのだろうな？」

その問いにエグゼパナは眉ひとつ動かさずに行動で示す。

彼は胸元をさらけだす。

そこには蠍（さそり）の入れ墨が施されていた。

その入れ墨は魔力を送ると動き出すものだった。蠍は動き出すと宿主の心臓に針を突き立てる。

さすればそのものは即座にあの世に旅立つことになるのだ。

つまりエグゼパナはそれほどの覚悟をしているということであった。

それを見た議長はこう言い放つ。

「いい覚悟だ。もしも天秤の軍師を殺すことに成功したら、おまえにこのエルニアを預けるように大主教様に上奏しよう」

その言葉を聞いたエグゼパナは「にやり」と口元を歪(ゆが)めた。

†

上層に戻る階段を上ると、案の定、すぐに出口が見えてくる。

別荘の炭焼き小屋に続いていた。

俺たちは炭焼き小屋の床板を外すと、そこから地上の空気を吸う。

炭焼き小屋の空気はかび臭かったが、それでももう落とし穴に落ちたり、機械の鮫(さめ)に襲われたりしないでいいかと思うと気が楽になる。

炭焼き小屋の鍵を内側から開ける前にシスレイアに確認する。

「早速、君の弟君と面会したいところだが、部屋はわかるかな?」

「もちろんです。目を瞑(つぶ)っていても向かうことができます」

「では先導をお願いする」

そのようなやりとりをするとそのまま建物部分へと向かう。

レインハルトの住まう建物は立派であった。さすがかつて王族の城として利用されたものだと納得できる作りをしている。

道中、見張りの兵と出くわすが、《透明化》の魔法を使ったり、クロエが色仕掛けをしたり、ときには武断的な手法を使って突破していく。

クロエが「やれやれ」と言うこと六回目にしてやっとレインハルトの寝室に辿り着く。

シスレイアは丁重に弟の寝室の扉を四回ほど叩く。

すると部屋の奥から少年の声が聞こえる。

「……そのノックは姉さん？」

弟の問いにシスレイアは「そうよ」と答える。姉と弟の間にはその会話だけで十分なのだろう。

シスレイアはドアを開ける。

そこにいたのは天蓋付きのベッドの上に身体を預ける少年だった。

いや――少女か？　髪が長いので女に見えなくもない。しかし、シスレイアの弟なのだから男子なのだろう。彼は女性のように見目麗しい少年だった。

その容姿に驚いていると、少年は開口一番に言った。

「その男の人がレオンさん？」

「そうよ」

どうやらシスレイアはことあるごとに手紙に俺のことを書いていたらしい。レインハルトは初めて会ったとは思えませんでした、と前置きしながら挨拶をしてくれた。

「僕の名はレインハルト・フォン・エルニア。この国の第三王子、姉さんの弟です」

彼の自己紹介は簡潔を極めたが、嫌われている訳ではないようだ。

「もしもこの身体が元気だったら、立って挨拶をしたいのですが……」

とはにかみながら言った。

「君、いや、殿下が病弱なのは知っている。先日、実の兄に毒を盛られたことも」

「さすがは地獄耳です。姉さんの手紙にある通りだ」

「この国の諜報機関に同期がいてね。さて、そこまで知っているのならばちょうどいい。我々は殿下をこの国の王にしようと思っている。殿下が国王、殿下の姉君が摂政だ」

「それは素敵なアイデアだ。特に姉さんが摂政というのが」

「ならば同意してくれるか？」

その問いにレインハルトは笑顔で「いいえ」と答える。

「なぜだ？　このままだと君、いや、あなたは殺されるぞ、実の兄に」

「君で結構ですよ。——殺されるというのは承知です。猜疑心の塊である兄上が王位を継げば僕は殺されるでしょう」

「ならば君は自殺するというのか？」

「それも悪くありません。どのみち、長く生きられない身体です」

「分からんぞ。異世界には君みたいな王がいる。〝中継ぎ〟だと思って王位についた病弱な男がいたのだが、周囲や自身の予想に反して長生きしてしまったんだ。名をアウグストゥスという。ローマの初代皇帝だ」

「皮肉なものですね。しかし、僕はそうではない。成人できないでしょう」

一四歳に満たない少年は毅然と言い放つ。達観しているというより、老成しているようにも見えた。たった一三年しか生きていない少年であるが、様々な経験を積んでいるようにも見える。さすがはシスレイアの弟だ。

「ですので王位につくのはお断りします」

「この国の危機だ。君の兄がこの国を継いだらエルニアは衰退する。さすれば諸王同盟も崩壊しよう」

「かもしれませんが、それも一興です。それに僕の死後のことまで責任は持てません」

たしかな意志を感じさせる。この辺はシスレイアの弟だった。

「ならば君が王位につくのを諦めろということか。さすれば君の大切な姉さんは死ぬぞ」

「それは困ります。どうか姉上は救ってください」

「無理だ。我々は弱小勢力、せめて大義名分がなければ勝ち目はない」

「ならば僕が王になれば勝てると？」

少年の瞳の奥に輝きを感じた俺は説明する。

「もしも今から説明することに理を感じたら、考え直してくれるかね」

「話を聞いてから決めます」

「しっかりものだ。いいだろう、どのみち選択肢はない」

そう前置きすると、俺はプレゼンを始める。姫様の命が、いや、この世界の命運が懸かったプレゼンだった。

「俺には勝算がある。だからここにやってきた。レオン・フォン・アルマーシュは勝算がある戦いしかしないんだ」

「かつて難攻不落の要塞を落としたときに言い放った台詞ですね」

「そうだ。使い回しで悪いが、後世の歴史家は未来の国王に言い放った言葉として歴史書に記すだろう」

気取った言い回しですね、とクロエはくすりと笑う。俺は気にせず続ける。

「俺には勝算がある。マキシスを追い出し、君を王位に就ければこの国は持ち堪える。やがて諸王同盟の中心となるような国になるだろう」

「僕にはそのような力はありません」

「君だけでは無理だ。君が王位に就き、君の姉さんが摂政に就任したとき、化学反応が生じるんだ」

「化学反応……」

「そうだ。王として見れば君は病弱にして脆弱な存在でしかない。君は賢くはあるが、それゆえに悪いことばかり考えてしまうしな。しかし、そこに希望を持った摂政がいたら？　未来は明るい、この世界は善意に満ちていると信じている女の子が補佐してくれるとしたらどうだ？」

「たしかに物事の負の面ばかり見てしまう僕と、正の面を見ようとする姉さんの相性はいいかもしれない」

「最高だよ。そこに小賢しいことばかり考える軍師、どんなことも断行する宮廷魔術師が加わったら鬼に金棒だ。他にも素晴らしい人材が揃っている」

「メイドのクロエ、剣鬼のヴィクトール、炎の魔術師のスナイプス、その他、綺羅星の如く人材が揃っているそうですね」

「それだけじゃない。この国も完全に腐っているわけじゃない。軍部にも味方はいる」

「軍の良識派の将軍たち、特にジグラッド中将は頼もしいです」

「そういうことだ。君が王位に就けばさらに味方は増える。さすれば俺はその戦力を活用し、姫様が政治をしやすい環境を整えよう」

「姉上が政治のしやすい環境……」

「そうだ。約束する。少なくとも君の姉上が泣くようなことはしない。だから協力してくれ」

「分かりました」

レインハルトの即答に気が付かず、俺はさらにプレゼンをしてしまう。

「君が王として権威を掌握し、俺と姫様が権力を奪取する。いや、権力を奪取する術は俺が考え実行する。君の姉さんの心を悩ますようなことは――ん？　今、分かりましたって言ったか？」

「はい、その通りです。分かりましたと言いました」

「それは王位に就いてくれるということか？」

「はい。そうです。微力ながらお手伝いします」

「いや、さっきまで厭がっていたが」

「今でも厭ですよ。しかし、姉上の命がかかっています。僕の命はどうでもいいですが」

その言葉をシスレイアは窘めるが、レインハルトは笑うだけだった。彼は俺の瞳を見つめると、こう言った。

「ただし、僕が王位に就くにあたって、ひとつだけお願いがあります」

「なんなりと、陛下」

「簡単なお願いです。そんなに改まらなくていいですよ。僕の願いは僕が死んだあとのことです。先ほども言いましたが、僕は長生きできないでしょう。遠からず死ぬ。そのとき、僕の後継者は姉上とする。それが僕の願いです」

「…………」

その真剣な言にシスレイアは沈黙してしまう。

一三歳の少年とは思えないような落ち着きを感じたが、常に生死の境界線上にいるその環境が彼を強くしたのだろう。なにか言いたいシスレイアを制すと、俺が彼女に代わって約束した。

「分かった。いえ、分かりました、陛下。もしも陛下が崩御した際は、このフォン・アルマーシュが責任を持ってシスレイア殿下を王位につけて見せます」

その言葉を聞いたレインハルトは年頃の少年らしく微笑む。

「ありがとう、天秤の軍師様。そして改めてよろしく。僕のことはレインハルトと呼んでください」

その笑みと言葉に惹かれてしまう。シスレイアと半分しか血の繋がっていない少年であるが、たしかに半分は繋がっている少年であった。そのことを確信した俺は彼をシスレイアの次に重きを置く人物として認識するようになった。

こうして次世代の王は確定したわけであるが、それを快く思わないものがいることを少年は伝えてくれる。

「レオンさん、早速相談なのですが、僕自身、王になるのを拒む気はありません。姉さんを救うために力添えしたいくらいです。しかし、それを望まぬ人間は多いです」

「兄貴のマキシスや保守派の連中か」

「代表的なのは。しかし、それよりも厄介なのは――」

少年が最後を言い終えるよりも早く、寝室の扉が開け放たれる。

どん！


と勢いよく開け放たれた扉から入ってきたのは、美しい貴婦人だった。

宝石をちりばめたドレスを着た御婦人は開口一番に言い放つ。

「お久しぶりね。シスレイアさん」

柔和な声であったが、少しヒステリックにも聞こえる。さもありなん、可愛い息子の部屋に見知らぬ侵入者がいるのだ。母親ならば気が気ではないだろう。

そう、この人物こそレインハルトの実母、この国の第三夫人であった。

マキシスとケーリッヒの母である第一夫人は亡くなっており、またシスレイアの母親である第二夫人も鬼籍に入っているので、実質上の王妃がこの人であった。

名をセシリアという。

改めてこの国の王妃を観察するが、どこにでもいる普通の女性であった。無論、美人ではあるが。

なんでもこの人はシスレイアの母と同じく、庶民の出身らしい。貴人独特の権高さや厭らしさは微塵もなかった。

しかし、両脇に屈強な兵士を抱えている。これは招待状がないからしかたないことであった。

両兵士からはびんびんと殺気が伝わってくる。廊下にもたくさんの兵士が控えているようだ。

俺はシスレイアとクロエに視線を送る。次いで窓にも。

レインハルトを抱えてこの窓から逃げるか？　そう提案しているのだが、それは当のレインハルトによって断られた。

「レオンさん、母上には心配を掛けられません。それに窓の外にも兵はいます」

「ならば万事休すかな？」

小声で言うが、レインハルトは首を横に振る。

「必ず隙を作ってみせます。それまでは是非、穏当に」

「了解した、陛下」

そう返すと、俺は出来るだけ友好的な笑顔を作りながら言った。

「初めまして、セシリア第三夫人」

「初めまして、招かれざる客人たちよ」

「俺とクロエはその自覚はあるが、義理の娘のシスレイアもそうなのかな？」

セシリアの視線はシスレイアに伸びる。一瞬、なんともいえぬ表情をするが、つん、と答える。

「義理の娘とはいえ、招待もなくやってこられたら歓迎できないわ」

「では改めて招待状を頂けますかな？　我々はあなたの息子を救いに来た」

「レインハルトを？　あなた方が？」

「そうです。先日、あなたの息子は毒を盛られました。実の兄にです。姉と弟は共闘すべきでしょう。それが唯一、生き残る選択肢」

「あなたたちはレインハルトを王位に就かせようとしているの？」

「左様です。攻撃こそ最大の防御」

「有り得ないわ。この子は身体が弱いの。気も。王の器ではないわ」

「母親ならば息子に王位をと思っているのでは」

「わたしが望むのはあの子の平穏だけ。どこか遠方の地に領地でも貰って、伯爵家でも起こしてほしい、それが願いよ」

「なるほど、守りの姿勢ですな。それも悪くない。乱世でなければ、ですが」

「互いに妥協点は見いだせなそうね」

「じっくり話し合いたいです」

「――いいでしょう。あなたがたをこの別荘に招待します。数日、骨を休めて行きなさい」

「有り難い」

「今宵、夕食に招待します。シスレイアとともにきなさい」

「それは有り難い。腹を空かせて待っています」

「それまでの間、レインハルトには近寄らせません。息子は身体が弱いの」

そう言うと同時にレインハルトが咳き込むが、演技ではないようだ。セシリアは水差しからカップに水を入れるとそれをレインハルトに渡し、背中をさする。麗しき親子愛であった。

それをじっと見ているのはシスレイア。ぼそりと漏らす。

「……お母様」

お母様とはセシリアのことではなく、自分の実母、第二夫人のことだろう。シスレイアは幼き頃に実母と死別した。それも第一夫人の放った刺客からシスレイアの身を守るため。ゆえにこのように美しい親子愛を見ると母親のことを思い出すのだろう。

抱きしめてやりたい衝動に駆られたが、それはできない。人前であったし、そもそも俺はただの軍師でしかなかった。彼女を慰めるのは未来の伴侶となるべき男だ。俺ではない。

そのように思いながら兵士たちに案内され、客間に向かう。

道中、クロエに小声で話し掛ける。

「……兵士たちの殺気が尋常ではない。夕食の席でなにか起きるぞ。準備を欠かさぬように」

「……分かっていますわ。やはりレインハルト様とはわかり合えそうですが、そのセシリア様とは無理そうですね」

「……手負いの子供を抱えた雌ライオンはこんなもんさ。すぐに戦闘にならなかっただけましだ」

そう纏めると兵士たちの足が止まる。客間に着いたようだ。男女別々なのでここでお別れであるが、部屋は隣同士なのでなにかあればすぐに駆けつけることが出来るだろう。

安堵したので俺はそのまま豪華なベッドに身体を預けると、持ってきた本を開く。夕刻までまだ間がある。お気に入りの物語に浸りながら、策略を巡らせた。

時計が一七時を指した頃、〝すべて〟を察した俺は荷物の中から薬草を取り出す。

それをすりこぎで潰すと、フラスコの中に入れ、指先から炎を出しあぶる。

兵士にお願いして持ってこさせた卵黄を入れると、ボンと爆発する。

なにごとか、と兵士が部屋の中を覗き込んでくるが、「ちょっと強烈なタバコに引火しただけさ、騒がせて済まない」と謝ると立ち去っていった。

「聞き分けが良くて助かる。――まあ、本番は夕食の席ってことだろうと思うが」

セシリアがそこで決着を付けるつもりなのは明白だったので、こちらも気合いを入れなければいけない。

俺は窓を開けると、上空を飛んでいる鳶に目を付ける。

その鳶を油揚げならぬ干し肉で引き付けると、そのまま魔法で意識を奪い、簡易的な使い魔とする。鳶の足に書状を付けると、大空へ返す。

鳶は勢いよく、王都のほうへ向かって行った。

「さあて、これですべて準備は整った。問題は王妃殿下の夕食になにを着ていくかだな」

俺の手持ちの服はこれのみ。正確には同じデザインしかない。迷う必要はないのだが、一国の王妃様に会うのにこの格好はないだろうと思った。なので俺は客間のウォークインクローゼットにある礼服に手を伸ばす。

燕尾服など一度も着たことがなかったが、この際、これに袖を通すのも悪くないだろう。

そう思って着てみたが、一八時になるとクロエがやってきて爆笑する。


「馬子にも衣装、馬子にも衣装――」


お腹を抱えて笑うメイドさん。――まったく、失礼なメイドだ。嫌な気分になった俺はいつもの服に戻す。

「これは軍服であり、官服だ。公式の場でも問題ないはず」

「そうです。セシリア様は庶民の出、そのようなこと、気にされません」

「だな。蛙の子は蛙。レオンはいつも同じ服だ」

勝手に諺を作ると、姫様の準備が整ったか尋ねた。

「はい、もう大分前に。姫様はおめかしをされ、一刻も早くレオン様にお見せしたいと逸っております」

「ならば開口一番の言葉は決まったな」

「愛している、結婚してくれ？」

「いや、綺麗だね、だ」

「独創的ではありませんが、レオン様にしては良いほうです。及第点」

そのように批評すると、彼女はお姫様を部屋に連れてくる。

「…………」

絶句する俺、その姿は控えめに言って〝神〟だった。

艶やかなシスレイアのドレス姿に見とれているとクロエが肘で小突いてくる。台詞を忘れていることに怒っているようだ。

俺は予定通り、「き、綺麗だな」と言うと、シスレイアは花のような笑顔で、「ありがとうございます」と言った。

俺たちはそのまま夕食の会場である食堂へ向かう。

道中、俺は彼女たちに臨戦態勢で挑むことを伝え、先ほど作った薬を飲むように指示する。

「これは？」

「ダイエット薬」

「私はともかく、おひいさまにダイエットは不要です」

「まあ、そういうな。楽に痩せられるから」

「レオン様は街の怪しいゴロツキですか」

「おっと、たしかにそんな謳い文句だな。しかし、事実だ。これは食物の油分を体内で吸収させず、大便として出す魔法の薬だ。これを飲むだけで五キロは余裕で痩せられる」

「食事の前に大便とか言わないでください」

「失敬、まあ、うんこだ」

「………」

そのようなやりとりをしているとシスレイアは薬を飲み干していた。

「レオン様が用意してくれた薬に万が一もあるわけがありません」

そのような論法で飲み干してくれた。

その姿を見てしまうと彼女の従者であるクロエも従わざるを得ない。

「まったく、なにを考えているか分かりませんが、身内も欺く、徹底した秘密主義はどうにかされたほうがいいかと」

「美女ふたりが驚愕する姿を見るのが好きなんだよ」

そのように戯けて返すと、そのまま食堂に入った。

レインハルトの別荘の食堂は三〇人ほどが一斉に食事できるほど大きい。王都から貴族の団体客がきても同時に持てなすことが出来るだろう。

清潔な室内に豪勢な調度品、この別荘を管理する未来の王母のセンスの良さがうかがえる。

将来、王母となったあとも王宮の管理の心配はいらなそうだ。

そのように観察していると、上座に車椅子の少年が見える。レインハルトだ。

夕食には参加しないと思われたので、意外だった。

第三夫人セシリアが説明する。

「この子がどうしてもというものだから」

レインハルトは毅然とした態度で言う。

「僕はこの国の第三王子です。遠方から客人がやってきたというのに、その客を持てなさないのはエルニアの沽券に関わります」

「国の沽券などどうでもいいのよ。あなたは自分の健康を第一に考えなさい」

「精神の健康がなによりも大事です。幸い最近は体調もいいのです」

レインハルトははっきりした口調でそう言い放つと、シスレイアに微笑む。

「僕は姉上と一緒にいるときが一番、心が安らぎます」

「ありがとう、レインハルト」

シスレイアは微笑み返すと、レインハルトの対面に座った。彼女を囲むように俺とクロエも座る。

着席するとき、クロエは小声でこんな台詞を漏らす。

「――いつもは持てなす側ですから、緊張します」

と――。

俺は「そのメイド服、とても似合っている」と彼女を勇気づけると、料理が運ばれてくるのを待った。

この手の会食はコース料理と相場が決まっている。

前菜となるサラダが運ばれてくる。

サラダはラカール海老(えび)のゼリーサラダ。ココの豆とケイの果実も添えられている。

小洒落(こじゃれ)たもので初めて食べるが、とても美味(うま)い。

ラカール海老はぷりぷりしているし、ココの豆は香ばしく、ケイの果実の甘酸っぱさはいいアクセントになっている。

ちらりと横を見ると、シスレイアはケイの果実に口を付けていなかった。

「珍しい、もしかして嫌いなのか？」

「はい、幼い頃に古くなったケイの実を食べて食あたりを起こしたことがあって」

「ならば仕方ない。俺の姉さんも牡蠣(かき)に当たったことがあるよ」

そう言うと俺はケイの果実を分けて貰おうとしたが、それはレインハルトによって止められる。

「姉さん、そういえばケイの果実が苦手でしたね。僕に分けてください」

そうねだったが、それはセシリアによって止められる。

「だ、駄目よ！」

思わぬ大声にレインハルトはびくりとする。

セシリアが大声を張り上げるなど、稀(まれ)であったから、シスレイアも驚いていた。

俺はじーっとセシリアを見つめる。

彼女は〝冷や汗〟を掻(か)きながら説明する。

「あ、あなたももうじき一四歳、王族なのだから、客人の残したものをねだるような真似は止めなさい」

「客人ではなく、姉さんです。幼き頃から互いに食べられないものを交換してきました」

「あなたは王になるのでしょう。ならば王らしく振る舞いなさい」

「――分かりました」

そのように言われれば従うしかない。レインハルトは引き下がる。シスレイアもこのようになってしまった手前、俺に分け与えることも出来ず、無理して口に運んでいた。

その光景を凝視するセシリア。シスレイアがケイの果実を食し終えると安堵した表情を浮かべた。

（……分かりやすい御婦人だ。ま、根は善人なんだろうな）

そのような感想を浮かべると、次に出された料理にフォークを突き刺す。

前菜のあと、腹の足しにもならないような小洒落た料理が運ばれてくる。

それらをあっという間に食すと、メインディッシュが運ばれてくる。

子羊のTボーンステーキだ。

男は黙って肉！　という哲学を持っている俺は嬉々としてナイフを入れる。すうっとナイフが通るところを見ると、最上級の肉が使われているようだ。

笑顔で食していると、セシリアが話し掛けてきた。

「宮廷魔術師レオン・フォン・アルマーシュ」

「レオンでいいぞ」

肉を嚥下しながらそう言い放つ。

「では、レオン、あなたはわたしの息子を政争に巻き込むつもり？」

「結果、そうなるな。しかし、そうしなければ必ずマキシスに命を奪われるぞ。それは本意ではないのだろう？」

「もちろんよ。誰が可愛い息子を殺されたいものですか」

「ならば俺たちに味方しろ。いや、姫様に。姫様ならば弟を殺すなんて有り得ないだろう」

「……そうね」

シスレイアを見つめるセシリア、しかし、その瞳には悲しみの成分があった。

「あなたの論法は理に適っている上に、説得力がある。レインハルトが毒殺されそうになる前ならば心動かされていたかもしれない」

「……やはりあれは毒殺未遂なんだな」

「ええそうよ。首謀者はマキシス、この国の第一王子、順当に行けば次期国王になるもの」

「淡々と語るな、自分の息子が殺されそうになったというのに」

「そうかも。でも人間、あらがいようがない強大な力の前ではなにも出来ないものだから」

「第三夫人ともあろうものが」

「第三夫人なんて」

「今は実質、王妃だろう」

「今はね。でも、王宮にやってきた頃はなにも知らないただの街娘」

「シスレイアの母親と一緒だな」

「そうね、フィリアと同じ境遇」

フィリアとはシスレイアの実母である。ふたりはほぼ同時期に宮廷に召し出された。王の側室となったのである。

「わたしとフィリアはとても仲が良かった。姉妹みたいに育ったの」

「セシリア様はわたくしの母と同じ下町で育ったのです。幼き頃はよく一緒に遊んでいたそうです」

「そうね」

にこりと微笑むセシリア、当時を思い出しているようだ。

「フィリアは天使のような子供だった。見た目だけでなく、その心根も綺麗で、幼き頃から末は王妃と持て囃されていたの。まさか本当にそうなるなんて夢にも思っていなかったけど」

「第二夫人です。それも途中でその位を奪われ、下町に追放されました」

「陛下の寵愛を考えれば実質第一夫人はあの子よ」

シスレイアの家庭環境は複雑だ。母であるフィリアは端女として王宮に登ったが、そこで現在の国王ウォレスに見初められた。ただ、その寵愛を第一夫人に嫉妬され、不遇な王宮生活を強いられたらしい。何度も王宮を追放されては戻っての繰り返し、シスレイアが幼い頃などはその嫉妬から逃れるため、王都の下町で暮らしていたこともある。最後はその下町で暗殺者に襲われ、最後を迎えることになるのだが――。

「陛下が本当に愛したのは、フィリアだけ」

「かもしれません。しかし、それも昔の話――」

母はもういない、とシスレイアは心の中で続ける。

「そうね。でも、陛下は今もフィリアのことを愛しています。政略結婚によって娶った第一夫人よりも、フィリアのおまけで付いてきたわたしよりも……」

セシリアはどこか悲しげにそう漏らすと、意識を切り替えた。

「ともかく、わたしは棚ぼた的に王妃になったに過ぎないの。フィリアが暗殺され、第一夫人のジャクリーンが病死したから」

「まあ、運も実力のうちさ。その運を信じて俺たちに懸けてくれると嬉しいんだが」

「そうね。それもよかったかもしれない。しかし、先ほども言ったけど、遅かった。あと、一ヶ月、早く接触してくれれば……」

セシリアは心底残念そうに指を立てる。

すると扉の奥から屈強な兵士が数人現れる。

シスレイアとクロエは警戒するが、俺は平然としていた。

「これはなにかの余興かな？」

「まさか、芸人ではなくてよ」

「残念、筋肉芸でも見せてくれるかと思ったのに。——しかし、なめられたものだな。俺は戦略級の魔術師だぞ。この人数でどうにかできるとでも？」

「まさか。あなたの情報は事前に得ています。——マキシスから」


「マキシス！」


その言葉を聞いたシスレイアとクロエは同時に驚くが、俺は別になにも思わなかった。

「まあ、最初からそうだと思ったよ。セシリア、あんたはマキシスに通じていたんだな」

「ええ、残念ながら」

「ど、どういうことですか？」

シスレイアは俺の顔を見つめる。

「マキシスはレインハルトを殺そうとしたのですよ。なのにセシリア様が通じるなんて」

「通じるは言い方が悪かったかも。支配と言ったほうがいいかな。おそらく、セシリアはあの事件、レインハルト毒殺未遂のあとこのように協力を持ちかけられたはずなんだ。シスレイアを殺せば、レインハルトの命は助けると」

ですよね？　と続けるとセシリアはうなずく。

「そうよ。あの毒殺は警告だった。自分の配下になれという。無論、いやよ。あのように蛇のような目をした男に従うなんて。――でもしょうがないじゃない。あの男は次期国王。強大な門地と派閥も持っている。どうあがいたって勝てない。レインハルトの命を守るにはこれしかないの！」

その告白にレインハルトは大声を張り上げる。

「母さん！　僕はそこまでして生きたくない！　卑怯者の汚名をかぶってまで生きてなんになると言うんだい！」

「ああ、レインハルト、優しくて気高いわたしのレインハルト。あなたならばそう言うと思っていた。だから会食には参加しないでって言ったのに」

セシリアは涙ながらにそう言うが、考えを改める気はないようだ。兵士たちに指示をする。俺たちを殺すように。

「――せめて楽に殺してあげなさい」

と命じる。

「有り難い配慮だが、もう一度言う。俺に敵うとでも？」

「勘違いしないで。この兵士たちはあなた方の介錯人よ。苦しまずにするための配慮よ」

「ほう、その口ぶりは、先ほどの食事に毒でも混ぜたのかな？」

「……察しがいいわね」

「アホでも分かるよ。レインハルトが俺たちの食事に口を付けようとしたときの反応を見れば」

「ならば分かるでしょう。もうじき、激痛が体中を走るわ。シシンの毒を体内に入れたものは、のたうちまわりながら死ぬの」

「知っている。糞尿(ふんにょう)を垂れ流しながら死ぬんだ」

「あなたはともかく、親友の娘のそんな最後、見たくない」

「あんたは本当に優しいのな。そこをマキシスに利用されてしまったのだろうな。しかし、安心しろ。俺たちは死なない」

そう言い放つと、クロエが兵士たちに飛び掛かった。

懐中時計を使うまでもなく、体術のみで兵士をなぎ倒していくクロエ。その姿を見てセシリアは驚愕する。

「な、馬鹿な！　とっくに毒は回っているはずなのに!?」

なぜ、なぜ、という言葉を繰り返すので、俺は第三夫人に敬意を表し、種明かしをする。

「あんたは最初から殺意を隠さなかったからな。さっき、薬を煎じて、毒を無効化する薬を飲んでおいた」

「な、なんですって!?」

「魔術学院卒に時間を与えたのが悪手だったな。出逢(であ)った瞬間に殺しておけばよかった。ま、結果論だが」

「……く」

セシリアは苦虫を噛みつぶしたような顔をすると交代する。屈強な兵士が彼女を守るが、時間稼ぎにもならない。俺とクロエならば兵士五〇人くらいはいくらでも相手に出来た。

この部屋の周囲にいる兵士は二〇にも満たないはずだ。

それを知っていた俺は彼女に降伏勧告する。

「まだ、大丈夫だ。今から姫様に味方しろ。レインハルトは必ず王にする！　安全も保障する」

「……影の宮廷魔術師さんの約束は千金に値するわね。しかし、無理よ。この館にはマキシスの見張りがいるの。もうじき、応援の軍隊がくるわ。マキシスの親衛隊〝黒の精鋭〟。その数は一〇〇〇。いくらあなたでも正規軍一〇〇〇には勝てないでしょう」

「当たり前だ。個人の力では限界がある」

「ならば降伏して。マキシスはあなたに並々ならぬ復讐心を抱いているわ。捕まったらとんでもない拷問を受けるわよ」

「だろうね。爪はぎ、水責め、陵遅刑、考えるだけでも萎えるよ」

「ならばここで自決なさい」

「それは無理だ。俺には夢がある。それは姫様がこの国を、いや、この世界を住みよい世界に変えるところをこの目に焼き付けることだ」

「無理よ。そんなこと不可能だわ」

「可能だよ」

俺は即答すると窓を《衝撃波》で吹き飛ばす。

そこから周囲を観察すると、たしかに別荘は敵兵に囲まれつつあった。

「あれが黒の精鋭か、本当に黒一色で統一しているのな」

「そうよ、マキシスの虎の子、エルニア王国最強部隊のひとつ」

「たしかに強そうだ。しかし、最強部隊のひとつってことは他にも強い部隊があるんだろう？」

「ええもちろん、王国陸軍にも海軍にも精鋭部隊はいる。ジグラッド中将の〝芽吹きの騎士団〟が有名かしら」

「姫様の親派（シンパ）にも心強いのがいるじゃん。なら心配ないな」

「ジグラッド中将の援軍を期待しているの？　ならば無理よ。あの人は今、遠征中。帝国軍と交戦しているわ」

「まさに戦の申し子だな。常在戦場を地で行くお方だ。心強い。しかし、ジグラッド中将以外にも人材は多いんだぜ。たとえばこの国には最強の上を行く、最強無双の部隊がある」

「最強無双の部隊？」

「そうだよ。その名は天秤師団姫様親衛隊だ」

そう宣言すると同時に黒い部隊の中心に爆炎が生まれる。

衝撃波と煙がすぐに立ちこめ、黒の精鋭は混乱する。

「あ、あれは!?」

「あれこそが姫様の最強の味方だ。その目に焼き付けておけ。黒の精鋭とやらよりも何倍も強いぞ」

不敵に言い放つと、黒の精鋭の側面から真っ赤なローブを着た部隊が襲いかかる。

「あれはナイン様ですね」

シスレイアの声が弾む。

「そうだ。ナインに与えた部隊だ。あいつ、異世界のイイの赤備えに触発されたな。部隊全員、赤で統一しやがった」

イイの赤備えとは、日本という異世界のトクガワイエヤスという天下人に仕えた、ある武人の率いる軍団に由来する。その武人——イイナオマサは猛将として知られ、配下すべてに赤い甲冑を着せたことで有名だった。

戦場で赤は目立つ。目立つと言うことは狙われやすいことにも繋がるが、イイナオマサという武将は戦場で群がってきた敵将をことごとく跳ね返し、武勲を立て続けた。

関ヶ原という天下分け目の戦で負傷し、その傷がもとで戦死するが、イイの赤備えは後世に残る活躍をしたのだ。それにあやかっているのだろうが、炎の魔術師、ナイン・スナイプスもまた豪胆な男であった。

「レオンの兄貴、オレの活躍を見てくれ!」

と言わんばかりに黒の精鋭を蹴散らしていく。

紙でも切り裂くかのように黒の精鋭を分断すると、その一方を包囲殲滅する。

もう一方はもうひとりの英傑ヴィクトールである。

天秤師団最初の士官。

俺が直々にスカウトした猛将中の猛将だった。

ヴィクトールは大剣を振るいながら、みずから先頭に立ち、敵を包囲殲滅していた。

「おれの配下に卑怯者はいない」

と言わんばかりに勇猛に戦闘を繰り広げている。

その戦いぶりを賞賛しながらセシリアに問うた。

「あれが俺の部下、姫様の配下だ。マキシスの何倍も頼りになるだろう？」

「…………」

セシリアは沈黙する。

「まあ、そうか。それでもマキシスの勢力は強大だよな。まあ、気持ちは分かる」

「……あなた、どうするつもりなの？　マキシスはエルニア陸軍を、いえ、この国を掌握しているわ。そんな男の軍を攻撃してしまったら、国賊宣言をされるわよ。賊軍認定されるわよ」

「まあ、それはしょうがない。おそかれ早かれそうなる運命だった。予定より早いが、俺たちはこれから王都を脱出し、反乱軍となる」

「賊軍になるつもり!?」

「反乱軍だよ。正義を通すための軍隊だ。戦場で必ずマキシスを打ち倒し、レインハルトを奪還、王位に就かせる」

「この期に及んでまだレインハルトを王にするつもりなの!?」

「ああ、うちの姫様は、権力はほしくても権威はいらないんだってさ。この世界を変える力には興味があっても玉座に興味はないらしい。俺もそれには同意だ。人間、生まれ持った器量がある」

「レインハルトは王に向いているとでも？」

「少なくともマキシスよりは」

そのように答えると、俺はセシリアに別れを告げる。

「賊軍認定される前に俺たちは王都を脱出する。しかし、すぐに戻ってくる。必ずレインハルトを奪還するから、それまで耐えてくれ。あんたが息子を守ってやれ」

「…………」

セシリアは沈黙した。いや、沈黙せざるを得ないようだ。

その胸には様々な感情が渦巻き、脳は混乱しているように見えた。しかし、答えは決まっている。彼女は必ず〝息子〟のためになる決断を下すはずであった。

「じゃあ、あばよ」

そう言い残すと、俺は血路を開く。

乱入してきた黒の精鋭を蹴散らすと、姫様とメイドを伴って脱出した。

姫様が最後、セシリアのほうへ振り返り、深々と頭を下げたのが印象的だった。


レインハルトの別荘から脱出すると、いち早くヴィクトールとナインと合流する。

彼らは俺を見るなり、再会を喜んだ。

「まったく、旦那ひとりで別荘行くってきいたときは驚いたぞ」

「もう兄貴は戻ってこないと思っていた」

「残念ながら小官は悪運が強いんだ」

そのように纏めると、襲いかかってきた黒の精鋭のひとりを蹴散らす。

「相変わらずいい魔法使いっぷりだ」

「ありがとう」

「で、オレたちはどこに逃げればいい？　このまま王都に留まったら賊軍扱いだろう」

「留まらなくてもそうさ。そうだな、シビの山に逃げるか」

「シビの山？　たしかあそこには凶暴なドラゴンがいるんじゃ？」

「そのドラゴンは旦那が倒した。おれを救うときに片手間にな」

ヴィクトールとの出会いを思い出す。

彼との出会いは一年近く前に遡る。ヴィクトールは当時、上官だった貴族と対立し、無実の罪を着せられたのだ。それを救うため、俺はシビの山に行き、ドラゴンを討伐した。そいつの巣を根城にしようと思っている」

「シビの山はドラゴンの巣窟として有名だが、取りあえず一匹は倒した。そいつの巣を根城にしようと思っている」

「良いアイデアだ。シビの山ならば王都の軟弱な連中もびびってすぐにはやってこられまい」

「だな、さすが兄貴」

「まあ、時間稼ぎにしかならないが、その間、色々と準備が出来る」

「それなのだが、レオンの旦那、勝算はあるのか？」

「軍師レオン・フォン・アルマーシュは勝算のない戦いはしない」

「しかし、今回は圧倒的に不利だぞ。相手は次期国王、軍部の支持もある。こっちは一個師団五〇〇〇に満たない。一方、向こうは二〇個師団以上、少なく見積もっても二〇万は動員できる」

「そのうち完全にマキシスに従属しているのは五個師団くらいさ。残りはやつが次期王だから仕方なく従属しているものたちだ。戦況が悪くなれば容易に離脱し、こちらに味方するはず」

「ふむ、では五個師団を相手にすればいいのか」

「気が楽になったか？」

「まさか、それでも一〇倍の相手だ」

「なあに、その戦力差は必ず埋める」

「根拠は？」

「俺が影の宮廷魔術師だからだ」

大言壮語であるが、ヴィクトールとナインは納得したようだ。彼らは俺が今まで起こしてきた奇跡を目の当たりにしている。僅か三〇の兵で姫様を救ったところ、一旅団で難攻不落の要塞を落としたところ、帝国最強の巨人部隊(タイタン・フォース)を駆逐したところなどを。

元々、不利な喧嘩(けんか)が大好きな無頼漢めいたところもある連中であったし、俺に対する信頼感は絶大だった。

こう纏める。

「まあ、俺たちはおまえたちとお姫様を信じるだけさ。おまえたちは絶対、俺たちを退屈させないしな」

俺は彼らの信頼に応えるため、天秤師団の兵たちを纏めると、シビの山へ向かった。

第三章　流浪の天秤師団

†

このようにして流浪の集団となった天秤(てんびん)師団。
ただ敗残兵のような気持ちは一切ない。師団の士気は高かった。
それは姫様の演説のお陰でもある。
彼女はシビの山に向かう際、全師団兵に向かって宣言した。
「今日、本日より、わたくしは賊軍となりました。それは間違いありません。
しかし、この国の敵になったわけではありません。
この国に巣くう暗部と兄マキシスの私的な敵対者になったに過ぎません。
わたくしは皆さんにお約束します。
わたくしは道義的にも国益的にもエルニア国民に反する行為はいたしません。
どのようなときにも、国に利することしかいたしません。
必ずこの国を覆う暗部を、
黒く深き雲を一掃することをお約束します」

シスレイアはそのように宣言した上で、志を同じくしないものは天秤師団をあとにしてもいいと言い放った。

マキシスのもとへ走っても咎(とが)めないと宣言したのだ。

その度量と姫様の人柄に深く感じた兵士は皆、一様に感動し、ほぼすべての兵が残留した。ただ、一部の兵が涙ながらに立ち去っていった。

そのほとんどが故郷に家族を残しているものたちだ。彼らにとって軍からの給料は生命線だった。皆、食べ盛りの子や年老いた父母を抱えていたのだ。

しかし、それでも九割以上の兵士が残ってくれたのは僥倖(ぎょうこう)だった。

俺は改めて姫様のカリスマ性に感謝する。

「もしも俺が演説しても三割残ってくれたかどうか」

ナインは「一割じゃね?」と茶化すが、その通りだった。俺は陰から小賢(こざか)しく蠢動(しゅんどう)する軍師。その志によって兵の心を繋(つな)ぐことは出来ない。俺が出来るのは「勝利」によって兵の士気を高めることだけだった。

そのために策略を練りたいところだったが——。

俺はシビの山に到着すると、天下国家百年の計を練るため、洞窟に籠もった。

ドラゴンの巣穴に作った士官室で本を読み始めたのだ。

兵法の本ではない。

ただの小説だ。しかし、本を読んでいると不思議とインスピレーションが湧くのだ。無限とも思える思考が流入してくるのである。

本を読んでいると身体(からだ)がリラックスするからかも知れないが、メイドのクロエなどは「器用な殿方です」と評す。

俺は「とある戦士の奮闘記」という古代剣闘士の本を読みながら、思考を纏(まと)めた。

「姫様の弟を国王として担ぎ出すのは悪い選択肢じゃない」

この国は男性社会、なんだかんだで女王にアレルギーがある。弟を王位に就け、ワンクッション置くのはいい戦略のはず。

「問題なのはそれが数ヶ月遅かったことかな」

どうやらすでにレインハルトの母は懐柔されていたようで、マキシスの一派に加わっていた。

「いや、懐柔ではなく、脅迫か。暗殺未遂のあとに強引に迫ったんだろうしな」

レインハルト暗殺未遂事件は、おそらく、すべてはマキシスの策略だ。

おそらくマキシスはわざとレインハルトを殺さず、未遂に止(とど)めることでその勢力を味方にしようとしているのだ。レインハルトの母は気が弱いところがあるから、そうすれば味方になるという確信があったのだろう。

「知力Fランクの王太子らしからぬ策略だな。——裏に優秀な軍師でもいるのかな」

長兄マキシスの愚劣さはよく知っていた。ただ、王の長子というだけで調子に乗っている愚か者。武力も知力も大したことはない愚物。あのような馬鹿にこのような策が思いつくわけがない。

俺は次兄のケーリッヒを思い出す。

俺と姫様を抹殺するため、悪魔となった男だ。

エルニアの諜報(ちょうほう)機関の報告によるとケーリッヒは終焉(しゅうえん)教団と呼ばれる邪教の教団と手を結んでいたのだそうな。やつは邪教から力を借りる代わりに兄マキシスに成り代わって王位を継ぐ策謀を巡らせていたのだ。

その野望は俺の左腕によって防がれたが、邪教の教団は健在だった。

やつらは恥知らずにも先日まで敵対していた兄のマキシスに鞍替(くらが)えしたとみるべきだろう。

その邪悪な知恵と力をマキシスに貸しているとみるべきであった。

それならば一連の手際のよい行動も納得いくのである。

「まったく、面倒だな」

マキシスの強大な兵力だけでも厄介なのに、教団の策謀力が加われば、厄介な化学変化を生み出すかもしれなかった。

「ま、どちらにしてもやるしかないんだが」

そのように思考を纏めていると、天然の士官部屋に邪悪な気配を感じる。

周囲の空気と魔力が遮断されるような感覚。

世界から取り残されるような心細い感覚を覚える。

「──なんだ、この感覚」

そのようにつぶやくと、俺は枕元に置いてあった小杖（ロッド）を手に取る。

不穏な空気を覚えたのだ。

部屋を観察すると、鏡にヒビが入っていることに気が付く。邪悪の源はそこから声を張り上げた。

「さすがは天秤の軍師、気が付いたか」

「胸くそ悪い吐息を感じたのでね」

「気が付かなければそのまま殺していたのだが、そうそう都合よくは行かないか」

「そんな簡単に死ぬもんか、こちとら幼き頃から修羅場には慣れている」

「さすがは帝国からの亡命貴族。さて、ならば私の正体に気が付いているな」

「終焉教団のものだろう。それもお偉いさんだ」

「さすがは天秤の軍師」

「すぐに分かる。陰気な面をしてるし、偉そうにしているからな」

「褒められたと思っておこうか。私の名はエグゼパナ。導師エグゼパナ」

「憶えにくい上に発音しにくい」

「だろうな。聖名（ホーリーネーム）だ。本名はもっと単純よ」

「一生憶えることもないだろうから、言わないでいいぞ」

「冷たいではないか、こうして会いにやってきたというのに」

「古今、寝込みを暗殺しにくるのを会いに来るとはいわんのだよ」

「たしかに。しかし、名は憶えあわなくても共闘はできるだろう」

「ほう、共闘とな」

「そうだ。我々は共に戦えるはず」

「おまえはマキシスの味方じゃないのか」

「それは教団の幹部たちが決めたこと。私はやつになど興味はない」

「いけないな、おまえたち日陰者は団結しないと俺たちに勝てないぞ」

「元より勝つつもりなどない。この世界が滅びれば私も消える。私は消えたくない。生き残り、栄華という果実をむさぼりたい」

「とんだ俗物だな。終焉教団は世界を終焉に導き、ゼロからリスタートさせたいんじゃないのか」

「幹部どもはそう思っているようだが、私は違う。私が興味あるのは自分の栄達のみ。教団は出世のための道具だ」

そこまではっきりと言い放てるのは大物の証拠、この男に奇妙な親近感を覚えたが、それゆえに協力することは出来なかった。

俺ははっきりと、大きな声で断言する。

「駄目だね」

と――。

「ほう、私と対立する道を選ぶか。おまえと私が協力すればおまえの姫は女王にもなれるのだぞ」

「そうだろうが、同時にこの世界に地獄もやってくる。俺の目標は姫様を女王様にすることだが、それと同時に姫様の笑顔もほしいんだよ」

「欲張りな男だな。姫が世俗の権威と権力を独占し、私が裏の力を独占する。それでいいではないか」

「姫様が悲しむ」

「だろうが、このままだと悲しむことも出来ない身体になるぞ。マキシスと教団はおまえの姫の死を望んでいる」

「知ったことか。教団も兄貴もぶっ殺す。ついでにおまえもな」

「この私をついで扱いか。――後悔することになるぞ」

「おまえと組んだほうが万倍後悔する。さて、これ以上、その薄汚い口を開くならば、消し飛ばすがいいか？」

「お好きに」

「あいよ」

そう言うと俺はフルパワーで魔力を放出する。

圧倒的魔力がエグゼパナの身体を包み込むが、やつは痛痒(つうよう)を感じていないだろう。なぜならばこの場に現れたやつは影(シャドウ)だからである。実体を持っていない影法師であった。

やつの影は数秒で消えるが、最後にこのような捨て台詞(ぜりふ)を残す。

「私を見くびったこと、地獄で後悔するがいい」

その言葉に対し、俺は返答する。

「地獄の特等席で待っていろ。そこでもぶっ飛ばしてやるから」

その言葉は後年、実現することになるのだが、俺が死ぬのは随分先のことになる。——はずであった。

†

終焉教団の裏切りものであるエグゼパナとの共闘を断った俺が、そのことをシスレイアに事後報告すると、彼女は手放しで賞賛してくれた。

「さすがはレオン様です」

と褒め称(たた)えてくれる。

「こらこら、困るな。俺は姫様に断りもなく、戦略的に重要なことを決めてしまったのだぞ」

「しかし、レオン様はわたくしの影の軍師です」

「最終的な決定権は君にある」

「ならばわたくしが決めますね。導師エグゼパナもわたくしの敵です。人道上の道義を問わなければ」

「まったく」

と呆れたクロエも参戦してくる。

「おひいさまの言っていることは常に正しいです。レオン様はおひいさまを舐めすぎです。いまさら悪党と手を結んでまで勝利を欲する方ではありませんよ」

「まあそうだな。姫様の価値はそこにある」

この際、それをフル活用しよう、という話になった。

「と申しますと？」

「俺の戦略は単純だ。この山を要塞化し、マキシスを迎え撃つ。その間、別働隊を組織してレインハルトを奪還、王都にいる軍の良識派に決起をうながし、マキシスを挟み撃ちにする」

「素晴らしい作戦です。まだ机の上でしかないことを除けば、ですが」

「メイド様は厳しいね」

「おひいさまの命とこの国の命運が懸かっていますから」

「そらそうか。それにその考えは正しい。俺の策は机上の空論だ。やつらとてそれは分かっているだろうから、レインハルトを重点的に守るはず」

「軍の良識派は？」

「確実にこっちの味方になってくれるのはジグラッド中将だけかな」

ジグラッド中将とはこの国の将軍で、一兵士から身を起こした老将だ。

エルニア軍の良心、規範と呼ばれていて、曲がったことが大嫌いときている。誠実で懐深い人物としても知られ、兵士たちからの人気は姫様に次ぐものがあった。

ケーリッヒ事件のときも姫様の味方をし、ケーリッヒの軍隊に果敢に突撃をしてくれた。彼が敵に回る姿は想像できないが、それゆえにマキシスからは警戒されている。

ジグラッドは現在、対帝国の最前線に送り込まれ、容易に動けない状況だった。

その旨を説明すると、クロエの表情に影が差す。

「最悪、ジグラッド中将の応援はないと考えておいたほうがいいと？」

「ああ、使い鴉（がらす）を送ったが、苦戦されているようだ」

「エルニア陸軍から嫌がらせをされていると聞きました」

明らかな親姫様派のジグラッド中将、軍の保守派からの嫌がらせは容易に想像できる。訓練もままならぬ新兵を派遣され、装備や補給も最低限しか受けられていないようだ。

「しかし、やはりその力は大きい、彼がやってきてくれることを心の底から願うとして、取りあえずはこのシビの山を要塞化だな」

「はい。それと並行してジグラッド中将を介して反保守派の意思を統一しておきたいです」

「それは姫様に任せよう。俺ごとき小賢しいものの出る幕はなさそうだ」

シスレイアはそのようなことはありません、と言うが、時間が勿体ないのでそのままそれぞれの作業に入る。姫様は数百通に及ぶ書状の作成、俺はシビ山の掃除だ。クロエにはシスレイアの手伝いをさせる。

「さあて、古今、力仕事は男がやると決まっている。ヴィクトール、それにナイン、おまえたちの出番だぞ」

ふたりが待機している部屋に向かうと、彼らは、

「おう！」

と応じてくれた。

†

シビ山の要塞化、言葉で言うと単純であるが、やるとなれば一苦労だ。

この山には人が住んでおらず、すべて軍の人員でやらなければならない。

ま、その分、民に迷惑を掛けずに済むが。

俺は補給担当の士官に資材を買い集めるように指示すると、土木作業を命じる。

柵と塹壕を二重に掘るように命じたのだ。

その間俺はそれを後方から観戦——するのではなく、シビ山特有の問題を解決することにした。

「今は前に倒したドラゴンの根城を使っているだけだが、大規模な工事を始めれば必ず他のドラゴンが俺たちの存在に気が付く」

「眠っているところを起こされたらさぞ、機嫌が悪くなるだろうな」

「そういうことだ」

「というわけで我々は周囲のドラゴンを追い払う」

「超過勤務手当と残業代と特別俸給を申請したいところだが」

「無理だな。なぜならばもっかのところ我々は反乱軍、軍からの給料は停止されている」

「それどころか銀行口座も接収されているんじゃないか」

ナインは呑気に言う。

「おめーはちっこいからいいよな。飯代掛からないものな」

「うっせー、おっさん、ちっこい言うな」

火花を散らすふたりだが、案外、このふたりの相性がいいことを知っていたので、三人で行動する。

「兵士も連れて行きたいところだが、俺たち三人で行くぞ。節約だ」

「ま、今は土木工事で人手が足りないしな、仕方ない」

「ドラゴンに雑魚が挑んでも無駄だしな。一騎当千の将官で挑んだほうがいい」

ドラゴンの生態を知り尽くしているナイン、その言葉は限りなく正しい。ドラゴンの皮膚を貫けぬ兵士を連れて行っても足手まといになるだけであった。

「ドラゴンの鱗(うろこ)を貫けるのはヴィクトールの旦那の大剣とオレと兄貴の禁呪魔法くらいだものな」

ナインはそう漏らす。ヴィクトールもそれは知覚しているようで、止め役はおれだといわんばかりに大剣を振るう。

「まあ、男ならば一度はドラゴン退治をするべきだと思っていた。正直、武者震いがするぜ」

俺は頼もしいふたりの配下を見つめながら、姫様に別れを告げた。

シスレイアは真剣な面持ちで旅立ちを宣言する。

「わたくしはこのままクロエを伴って、ジグラッド中将のもとに参ります。中将本人は動けないかも知れませんが、彼に手紙を書いてもらえば、より多くの仲間を得られるでしょう」

「いい作戦だ。ジグラッド中将が対帝国戦線の最前線にいるということを除けば是非、お願いしたい」

「レオン様はこの期に及んで私の実力をお疑いですか?」

ぷんすかとクロエは抗議してくるが、俺は冷静に諭す。

「クロエの実力は疑っていない。しかし、戦場ってのはなにが起こるか分からない。連勝に連勝を重ねた不敗の名将が、最後、流れ矢に当たって死んだ、という話は枚挙にいとまがない」

正論であり、一般論であるが、シスレイアは笑顔で拒絶する。

「心配は有り難いのですが、わたくしが前線に出なければいけないとすれば今です。無論、流れ矢、暗殺者の類いには気をつけますが、今、ここでジグラッド中将と会わなければ一生後悔をするでしょう」

「――だろうな、分かっている。いや、分かっていた。もはやなにも言うまい。君の幸運と、クロエの剛力を信じるよ」

お任せください、とクロエは力こぶを作る。その後、二三、アドバイスを与えると、俺もドラゴン討伐の準備を始めた。シスレイアいわく、「ドラゴン退治のほうが千倍危険なような」とのことだが、間違ってはいない。

ドラゴンもピンキリであるが、最強と謳われる古竜種に至っては、戦略級魔術師を五人集めてなんとか倒せるというレベルである。シビの山では古竜種はまだ発見されていないが、それに近い化け物もいるとのことだった。

それに前回倒したドラゴンも正攻法ではなく、〝搦め手〟であった。ドラゴンの翼を傷つけ、罠にはめるという戦法で勝利を得たのだ。

今回は一騎当千の部下がふたりも参戦してくれているが、それでもドラゴンを倒すのは苦労するだろう。しかし、土木工事中の部下たちがドラゴンに襲われるのは是が非でも避けたかった。

ドラゴンとの戦いは避けられない。

第四章 ジグラッド中将

†

天秤(てんびん)師団本隊から離脱する形となったシスレイア。

普通の将軍がすれば敵前逃亡と動揺するだろうが、天秤師団の彼女に対する信頼は厚い。

誰ひとり動揺することはなかった。

姫様の人の良さや要領の悪さを心配するものはいるが、それもレオンの策とお付きのメイドが居れば大丈夫だろうというのが師団員たちの評価だった。

師団員たちからも信頼されるメイドは、道中、尋ねる。

「しかし、予定が大幅に狂いました。私はおひいさまに女王になって貰(もら)いたかったのですが」

「レオン様との最初の約束(やくそく)もそうでしたしね」

「はい。約束違(たが)いです」

「そのようなことはありません。わたくしは権威ではなく、権力がほしいともいった。そしてその権力でこの世界をよりよく導きたいのだと。それが成せるのであれば、わたくしの職業など、牛の乳搾りでも、洗濯婦でもいいのです」

「おひいさまにそのような端女(はしため)の真似(まね)などさせられません」

「ありがとう。でもクロエと会う前は普通にしていたのよ?」

「まだフィリア様と下町に暮らしていた頃ですね」

「そうです。わたくしは王の子供ですが、下町育ちです。父が第二夫人である母を寵愛するものだから、第一夫人に追い出されてしまったのです」

「まったく宮廷は魔窟ですね」

「はい。しかし、わたくしにとっては楽しい日々でした。下町の子供たちと一緒にカブトムシを捕ったり、鬼ごっこをしたり、おままごとをしたり」

「男女ともに仲良かったのですね」

「はい。小さい頃は性別もありません」

「善きことです」

「ある意味、その時代がわたくしにとって黄金期です。母も元気でしたし……」

「………」

クロエは沈黙する。

下町に住んでいる王の忠臣、とある騎士に庇護されながら暮らしていたフィリアとシスレイア。王はなんとか王宮に呼び戻すつもりであったようだが、第一夫人とその実家であるアンテズマ侯爵家は先手を打った。

刺客を放ち、フィリア母子を殺そうとしたのだ。

結果、フィリアはシスレイアを庇って凶刃に倒れた。

騎士は刺客を返り討ちにし、王にアンテズマ侯爵家の非道を訴えたが、逆にフィリア暗殺の濡れ衣を着せられ、投獄されたという。この世で最も深い牢獄に今も軟禁されていた。

シスレイアが〝権力〟を奪取したら最初に救い出したい人物であったが、今はまだそのときではなかった。

シスレイアはまず、ジグラッドを説得し、弟を救い出さなければいけない。そのうえで兄と対峙し、権力を奪取しなければいけないのだ。

その道のりは困難である。

いわゆる内乱というやつを勝ち抜かなければいけない。

兄弟相克の悲しみを味わうことは何度経験しても慣れることではなかったが、シスレイアの中にはもはや覚悟しかない。ここで迷えば迷うほど、内乱は長引くのだ。

さすれば苦しみを味わうのは国民、弱きものが塗炭の苦しみを味わうことは明白だった。

ならば腹をくくるしかない。

軍師レオンの策に従い、可及的速やかに反マキシス連合をまとめ上げ、兄王子を排除するしか道はなかった。民のことを思えば己の苦しみなど取るに足らない。

シスレイアは決意を固めながら旅路を急ぐ。

馬に鞭を入れる。

国境に続く街道をひたすらに走る。

姫とメイドは慣れぬ馬を走らせ、三日三晩、不眠不休で国境線に向かった。


エルニア陸軍の老将にして名将であるジグラッド中将。

彼の姓名にフォンはない。

平民が兵士から戦歴を重ね、中将となったのである。

彼には子はなく、老いた妻が居た。

夫婦仲は悪くない。――いや、とても良いといってもいいだろう。

常に戦場にいるジグラッドであるが、稀に休暇を得られれば家で過ごす。そのときは妻の作る絶品のクリームシチューを食べるのがなによりもの幸せであった。

また、年甲斐もなく一緒に風呂に入るのも。

戦場から戻ってくる度に傷が増えると怒られ、ジグラッドはおまえは皺が増えているとやり返すが、ジグラッドもその妻も互いに互いを思い合っていた。

自宅に居るはずの妻を想いながら、執務室にある写真を見つめる。

若かりし頃の彼女はとても美しく、今現在の彼女はさらに美しくなっていた。

副官などは「理想的な歳の取り方です」と褒めそやすが、まさしくその通りだと思った。

そのように過去と現在に思いを馳せていると、部下がやってきて報告をする。

「ジグラッド中将、我が大地師団の状況ですが、こちらの一個師団に対し、帝国は三個師団、こちらが要塞に籠もっているとはいえ、陥落は免れません」

「王都からの援軍は？」

「ゼロです」

「ふむ、嫌われたものだな、わしも」

「我々は明らかなシスレイア派ですからね。ケーリッヒ殿下の師団に側面攻撃も加えましたし」

「だな。まあ、今さら悔いても始まらない。あのときはそうするしかなかった」

「今回はマキシスの側面に攻撃を加えるのですよね？」

「そうしたいところだが、それも帝国軍をなんとかしてからだ。国境沿いに三個師団も張り付かれたらなにもできない。我々が内乱に勤しんでいる間に王都が陥落すれば意味はないのだ」

「ですね。ですが、それはマキシスも同じ。だからやつらの嫌がらせは少ないのでしょう」

「援軍は派遣しないが、邪魔もしない。国境で犬のように働いていろ、ということか」

「そうです」

「〝だといいのだがな〟」

そのように纏めると、部下は不思議そうな顔をしたが、他の部下がそれを遮る。

若手士官が勢いよく執務室の扉を開け放つと、息を切らせながら報告してきた。

「ジ、ジグラッド中将、たいへんです」

「ほう、どうした、血相を変えて」

「ひ、姫です。シスレイア姫が敵中を突破し、この要塞にやってきました。中将との面会を求めています」

その報告に他の部下たちもどよめくが、ジグラッドはひとり、冷静に反応する。

「姫様の性格を思えば驚きに値しない。姫様はシビの山に籠もられたと聞くが、山に籠もって座して戦況を見守る方ではないからな。行動され、状況を変えようとする強い意志を持っている」

――しかし、とジグラッドは補足する。

「能力的には意外だったかな。姫様に固有の武力はない。いつも陰日向になって姫様を守っているメイドがいたが、彼女だけでは到底、突破できないはずだが……」

その感想は正しい。クロエの武力は侮れないが、それでも三個師団の包囲網は突破できない。シスレイアはクロエの武力だけでなく、知力もフル活用したのだ。

シスレイアはクロエと共にアストリア帝国の兵を捕縛すると、制服を拝借する。

それでそのまま堂々とこの要塞にやってくる――ような真似はせず、さらに一手間加える。道中、シスレイア一行に絡んできた盗賊たちに制服を着せると、彼らごと帝国軍に引き渡す。

「〝我が軍の制服を奪おうとした悪漢どもを捕縛しました〟」と。

無論、盗賊たちは反論するが、帝国軍の兵を助けた〝帝国軍の女性士官〟のほうが、発言力はある。そのままなんの疑いもなく、中心を突破することができた。

要塞の前まで来ると、彼女たちはおかしそうに語り合ったという。

「まさか、ここまで簡単にいくとは。さすがはレオン様の知謀です」

「ですね。しかし、ここからはレオン様のアドバイスはありません。姫様の知謀と人望のみで物事を解決しなければ」

「わたくしは天秤の軍師の一番弟子です。それに恥じぬ行動をするまで」

そのように決め台詞を言うが、くすくすと笑いも漏らす。

「それにしてもクロエ、あなたは帝国軍の制服が似合っていませんね」

「当たり前です。クロエの制服はメイド服。というか、おひいさまも似合っていませんよ。おひいさまはやはりエルニア・カラーです」

「ありがとう。これでも王族の血を引いていますからね」

そのように笑い合う少女たちだが、眼前に立派な要塞が広がってくると、気を引き締める。

ここにいるジグラッド中将の協力を得られなければ負けるのだ。

天秤師団五〇〇〇の命運が双肩に懸かっていると思うと気が引き締まる。

この世界の行く末を思うと胃がキリキリとするが、それでもシスレイアは歩みを止めなかった。

今頃、敬愛するレオン・フォン・アルマーシュがシビの山でドラゴンと戦っているかと思えば、シスレイアの苦難など、苦難のうちに入らなかった。

このような経緯で国境線の要塞にやってきたシスレイア。

その立派さ、頑丈さに驚くが、ここは対帝国の最前線、これくらいの規模がなければ帝国の進行を防げないのだろう。

そのように纏めると、中将の執務室へ入った。

帝国軍の制服を脱ぎ捨て、いつもの格好に戻ると、大地師団の士官は容易に面会を取り次いでくれた。さらに中将は即座に会ってくれる。

レオンの言葉を思い出す。

「もしも、すぐに面会できず部屋に軟禁状態になったら、即座に逃げろ。ジグラッド中将は敵の手に落ちたとみるべきだ」

と言っていたが、その心配はなさそうだ。

「あの頑固者のジグラッド中将が寝返ることなどあり得ません」

これはクロエの主張であるが、シスレイアも同じ意見だった。

ただ、それとジグラッドの協力が得られるかは別問題だ。

ジグラッド率いる大地師団は目下のところ敵軍に包囲されている。シスレイアの援助をしたくてもそれが出来ない状態であった。最悪、独力で強大なマキシスの軍隊と対峙しなければならないかもしれない。

ごくりと唾を飲みながら、執務室に入る。

執務室の椅子には見慣れた人物が座っていた。

花崗岩(かこうがん)を煮詰めたような厳格な顔、武人を長年全うしてきた無骨な身体(からだ)、王宮や軍事府で何度も言葉を交わした老将がそこに座っていた。

彼は椅子から立ち上がると、そのまま深々と頭を下げた。王族として遇してくれているのだ。

「わたくしは宮廷から賊軍の認定を受けました」

「それは聞き及んでいます。しかし、わしにとって王と仰ぐはあなたの父上だけ。その後継者はシスレイア姫、あなただと思っています」

「ありがとう。ならば協力してくださいますか？」

「無論ですとも、すでに二八通、あなたの味方をしてくれると思われるものに手紙をしたためました。皆、軍や宮廷の要職に就いているものです」

にこりと微笑(ほほえ)むと、こう付け加える。

「この国はてっぺんから腐っていますが、根はまだ力強い。国を思う志士はまだ絶えていない」

「本当に嬉(うれ)しいことです。彼らが国のために尽くせるような環境を作りたい」

「微力ながらお手伝いしますが、問題なのは兵力です」

「やはり厳しいですか？」

「王都の増援は期待されないように。今は内乱一歩手前。あなたを指導者と仰ぐものは無数にいますが、皆、正規軍に押さえつけられています」

「逆に言えば王都の正規軍は動かないのですね？」

「そうなります。クーデターを恐れ、動けないでしょう」

「ならばマキシスの手勢を相手にすればいいのですね」

「はい、その数は五万、エルニア陸軍二〇万のうち、四分の一を相手にしなければ」

「我が天秤師団は五〇〇〇……、一〇倍ですね」

「天秤の軍師ならばあるいは、という戦力比ですが、最初から奇跡を期待しているものを勝利の女神は嫌いましょう」

「ですね。中将の大地師団は動かせないのですか？」

「…………」

中将は沈黙すると、直接的な回答を避け、事実のみを言う。

「目下のところ、この要塞は三万の兵に囲まれている。我々の数は一万。正直、一兵でも欠ければ明日にも陥落するかも知れないという状況です」

「我々が王位を争っている間に帝国軍がなだれ込んできたら意味はありません」

「そうです。やつらと講和を結ぶか、あるいは蹴散らすかのどちらかでしょう」

「……講和」

「それが一番現実的ですが、一番難しい。講和となればこの要塞を手放さなければいけない。陸軍の上層部はそんなこと絶対に認めないでしょう」

「ですね。総司令官がそのようなことを認めるわけがない」

「そういうことです。ならばあとは蹴散らすしか。——しかし、わしにはあなたの軍師のような知恵ものはいない」

「……知恵もの」

この場にレオンがいれば、魔法のような軍略で帝国軍を追い払うだろうが、彼はいない。今、ここにいるのはシスレイアとクロエだけだった。

執務室に鉛が気化したような空気が流れるが、シスレイアは首を横に振る。

（……いけない。こんなことじゃ駄目。わたくしはこの国の摂政となる身。いつまでもレオン様だけに頼っていられない）

そのように決意したシスレイアは意を決し、声を張り上げる。

「大地師団団長ジグラッド中将」

凜とした言葉に反応するジグラッド、おのずと姿勢を正す。

「我が名はシスレイア・フォン・エルニア。この国の第三王女にして摂政です。わたくしはこの窮地を脱し、弟を必ず王位に就けます。そして必ずこの国を善き方向に導きます」

「…………」

じっとシスレイアの瞳を見つめるジグラッド。

「これは大言壮語でもはったりでもありません。それを証拠にわたくしには策があります」

「策ですか」
「はい。わたくしはこの要塞を取り囲む帝国軍を追い払って見せます。それをもってわたくしに策があると見なし、その力をお貸しください。この国を四〇年以上に渡って守ってきたあなたの知恵と力、それにお志をわたくしにくださいくださ」

たしかな意志と夢が籠もった言葉に、ジグラッドは注目すると、そのまま深々と頭を下げた。

シスレイアの策は〝すべて〟シスレイアが自力で生み出したものであった。

レオン・フォン・アルマーシュは神懸かった才能を持っているが、あくまで人間。すべての情報を精査した上で最適の行動を取っているに過ぎない。

他人からは魔術のように見える策も、情報に基づいて解決策を提示しているのだ。

レオンにはこの要塞の情報も、帝国軍の配置情報もない。そんな中、策を巡らすことなど不可能であった。

しかし、その弟子であるシスレイアは違う。先ほど、帝国軍の陣内を突っ切ってきたときにつぶさに観察をしたのだ。帝国軍の指揮系統、兵士の士気、補給状態などをである。

またジグラッド中将からも大量の情報を得ることが出来た。

その情報を統合し、知力を総動員させれば、結論は見える。

つまり、〝帝国軍は追い払える〟と。

レオンの一番弟子であるシスレイアはそう思っていた。

そのことをジグラッドに話すと、彼の目は輝く。

「帝国軍は三万の大軍ですが、この要塞を包囲して数ヶ月、疲弊しきっています。大軍ではありますが、強兵ではない。そこに付けいる隙があるかと」

「それは我々も感じているが、ここまで見事に包囲されていると城門を開け放った瞬間、要塞に侵入されてしまうのです」

「ならば城門を手薄にするだけ。ジグラッド中将、申し訳ありませんが、師団の精鋭一〇〇をお貸しください」

「それは構わないが」

「それと帝国軍の制服も。これは鹵獲したものがあるはずです」

「無論、ある。――もしや、敵兵に化けて目を暗ませるつもりか？」

「はい。しかし、それは中将も考えたはず」

「無論考えました。しかし、それだけでは三万の兵に隙は作れない」

「それプラス敵国の姫君の身柄はどうでしょうか？」

「な、姫みずから囮になるおつもりか!?」

「そうです。わたくしは若輩。その若輩に一〇〇名もの将官が命を預けてくれるのです。わたくしも危険に身を置かず、どこに置けばいいでしょうか？」

「御身になにかあればこの国の改革は水泡に帰します」

「ここで負ければ同じです」

どこかの軍師様のように大事を大事とも思わせぬ口調で返す。

「すべてはまずこの戦に勝つことから。そしてこの戦に勝つにはこれしか方法がないのです」

シスレイアの決意は変えられないと思ったのだろう。

ジグラッドは姫様に貸す精鋭を精鋭の中の精鋭にすることで彼女の心意気に応えることにした。

「分かりました。姫様の策に全面的に従います。帝国軍が隙を見せたそのあと、我らが城から打って出る、それでよろしいか?」

「はい。あとはここです」

シスレイアは机の上にある地図を指さす。

「ここに敵の補給物資が集積されています。それを焼き払えば、敵軍は去って行くでしょう」

「なるほど、敵軍も馬鹿ではないし、疲弊しきっている。補給を断たれれば立ち去るは必定だ」

「はい。必ず。帝国軍の士官は凡庸ではないと聞きます。そこが逆に付けいる隙になるかと」

「まるで軍師様のような知謀ですな。末恐ろしい」

「間近で世界最強の軍師様の薫陶を受けたのです」

そう結ぶと、シスレイアとジグラッドは最後の詰めに入ったが、作戦が纏まると、ジグラッドの視線が壁に向かっていることに気が付いた。

シスレイアもふと同じ方向を見ると、そこには女性の写真が掲げられていた。

「奥様ですか？」

自然とそんな台詞が口に出る。

ジグラッドは、

「わしには勿体ない妻です」

と答える。

無骨な老将がのろけるとは意外であったが、それはのろけではないようだ。彼は心の底から妻に感謝を述べる。

「わしのような戦馬鹿に不平不満ひとついわずに連れ添ってくれた天女のような女です。もしも来世があればまた彼女と結婚したい」

深い愛情を感じさせる台詞だった。

こちらまで心が温かくなる。

「奥様は王都に？」

「はい。今も〝ひとり〟わしの帰りを待っているでしょう。しかし、そんな寂しい思いもこれが最後です」

「どういう意味ですか？」

「この戦が終わったらわしは隠居します。寄る年波にも勝てないし、女房孝行がしたい」

「――」

それは困る、という感情と同時に、そうすべきです、という思考も生まれる。

この老将の人望、指揮能力はシスレイアにとって必要不可欠なものであるが、シスレイアは彼が戦いに疲れていることも知っていた。一六歳で初陣以来、四〇年もの長きにわたって戦い続けてきたのだ。シスレイアごとき小娘が引退を止めることはできなかった。

それにシスレイアはジグラッドとその夫人が小さな庭でお茶を飲む姿を見たかった。その姿を生け垣ごしに眺め、「ご苦労様」とつぶやきたかった。

心の底からそう思ったので、にこりと笑顔を作ると言った。

「一日でも早く奥様と隠居できるように努力します」

その言葉を聞いたジグラッドは孫娘を見つめるような瞳で、

「ありがとう」

とだけ言った。

†

シスレイア姫が精鋭一〇〇兵を率いて、囮となる。

大胆にして不敵な作戦であるが、実行者たちは恐れていなかった。さすがは大地師団の精鋭たち、頼もしい。

シスレイアは彼らの武力と勇気を大いに頼りにしたかったが、それだけに万全を期しておきたかった。

まずは事前に情報を流す。

この要塞にエルニア国の第三王女が滞在しているという噂を敵軍に広めておくのだ。

シスレイアはたぐいまれな美姫であるが、価値はそこにあるのではない。自分の価値は王族にあることを熟知していた。

王族はいきなり湧くものではないから、事前に下準備を重ねなければこの作戦は成功しない。

情報を流すのは、スパイ・メイドともあだ名されるクロエと、大地師団の情報将校たち。彼らはプロフェッショナルだから、三日でその情報を帝国軍の幹部たちに周知させることに成功した。

四日目には要塞への砲撃が弱まったような気がした。

彼らは王族を戦場で討ち果たすよりも、捕虜として交渉材料にするほうを選んだのだろう。

帝国軍有利の状況だからこそ出来る判断であるが、この際、それを利用させて貰う。

帝国兵の末端にまでシスレイアの存在が認知されたことを確認した五日目、シスレイアは動く。

要塞の抜け道を使って帝国軍のど真ん中に現れると、彼らに夜襲を掛けた。

まさか包囲しているほうが夜襲を受けるなどとは思っていなかったのだろう。

帝国軍は慌てふためくが、帝国軍士官の中にはナイトキャップをかぶって熟睡している士官もいるほどだった。シスレイアは彼に突撃しながら銃撃を加える。

士官を目掛け、マスケット銃を放つ。

士官の頬、三センチ横を通り過ぎる。これは慈愛を掛けたせいではない。単純にシスレイアの銃の技量が劣っていただけなのだが、問題はなかった。

この作戦のコードネームは、

「混沌(こんとん)と恐怖」

なのだ。

敵軍に恐怖を植え付けられればそれでよかった。

シスレイアと大地師団の精鋭はしこたま敵軍に銃弾を浴びせると、即座に撤退を始めた。

この場に留(とど)まっていたら増援に包囲される恐れもあったし、シスレイアの目的は混沌と恐怖を帝国軍全員に伝播(でんぱ)させることであった。

帝国軍は思わぬ夜襲に混乱するが、それを率いていたのが目当ての姫自身と聞いてさらに困惑する。

シスレイアは改革を志す政治家という話は聞いていたが、戦場の人という報告は聞いていなかったからだ。

以前、帝国軍の難攻不落のマコーレ要塞を落としたという話は聞いていたが、それも搦め手であり、戦場に立つほどの武力や胆力はないというのが帝国軍の通説であった。

「これはもしや我々は大きな考え違いをしているのでは――」

帝国軍の参謀たちは青ざめる。シスレイアは連日のように夜襲を加え、帝国軍の士気を削いでいるからだ。

シスレイアは常に前線に立ち、兵たちを鼓舞しているという。

中でもメイド服を着た少女は一騎当千の兵らしく、彼女の操る摩訶不思議な懐中時計によって二九名もの兵が頭蓋骨を砕かれたという。

三万分の二九であるが、それでも明日、眠りに就いているときに自分の頭蓋骨が割られたら堪ったものではない。兵士たちは姫を捕らえる功名よりも自分の命を心配し始めた。

まだ逃亡兵こそ出ていないが、帝国軍の士気は明らかに衰えていた。

士官学校で兵学を修めた参謀たちは、軌道修正をする。

シスレイアの捕縛は諦め、戦場で討ち果たすことにしたのだ。

「昨日発令された命令は撤回する。シスレイアを生きて捕縛したものの二階級特進は撤回する。代わりにシスレイアの死体を持ってきたものを二階級特進とする」

その命令は瞬く間に帝国軍の将兵に伝わったが、だからといってシスレイアたちの立ち回りが変わることはなかった。昼は穴倉や森に潜み、夜になれば帝国軍への夜襲を繰り返した。

要塞とも連携を始め、シスレイアが包囲されそうになれば、城門を開け放つ構えを見せ、牽制してもらった。それによって帝国軍は翻弄される。

一週間ほどそのように帝国軍を弄ぶと、彼らの堪忍袋の緒も切れたようだ。

包囲の一部をとき、シスレイア討伐に本腰を入れた。

その報告を聞いたシスレイアは微笑む。

「これです。この瞬間を待っていたのです」

連日の夜襲で身なりが薄汚れているシスレイア。しかし、彼女の気高さは一片も失われていなかった。メイドは主の天性の気高さに改めて敬意を表すが、出来れば休養を取って貰いたかった。

休養を提案する。

「分かりました」

意外にも納得し、森の中で休養を取る旨を伝える。水浴びなどもするようだ。

神経をすり減らしていた大地師団の精鋭は喜ぶ。

シスレイアはクロエの見張りのもと、身体を清め、洗髪する。

シスレイアはレオンに作ってもらったコンディショナーに髪を浸す。クロエは尋ねる。

「意外でした。シスレイア様が休んでくださるなんて」

「わたくし自身、一ヶ月、お風呂に入らなくてもなんとも思いませんが」

「……と、殿方の前では言わないように」

「はい。でもレオン様の前ではいいます。レオン様はそのようなことでわたくしを嫌いになる方ではありませんから」

「――ですね。戦場で気を張り過ぎるシスレイア様を怒るかも知れませんが」

「それです。今回も休養せず、作戦が完了するまで戦うつもりでしたが、ふと、レオン様の声が聞こえたのです」

「どのような？」

「君の気力は無尽蔵だが、兵士たちはそうじゃない、と。冷静にわたくしを諭す声が聞こえました」

「レオン様が言いそうな台詞です」

「どちらにしろ決戦は明日、要塞の城門が開き、大地師団の本隊が突撃した瞬間が勝負です。見事、ジグラッド中将が帝国軍三万の陣を割り、敵の兵糧庫を破壊できれば勝ち、できなければ負けです」

「分かりやすいですね。では、それでは英気を養いましょうか」

と言うとシスレイアは水で洗浄液を洗い落とし、クロエにも水浴びを勧めた。

「ええ」

クロエも女なので有り難くその配慮を頂戴すると、その後、ふたりは今日まで戦ってくれた兵たちをねぎらう。

明日、すべてが決まるので残っていた食料をすべて料理する。酒も好きなだけ呑んでいいと許可する。

喜ぶ精鋭たち。

彼らは今までの疲れを吹き飛ばすかのように騒ぎ立てる。

シスレイアとクロエの用意した戦場料理に舌鼓を打ちながら、酒を楽しむ。

その光景を微笑ましく思うシスレイアだが、用意した食器の数を見てその表情に影が差す。

要塞を出たとき、ちょうど一〇〇だった部隊。

今やその数は五七にまで減っている。

連日の戦闘で戦死したもの、捕虜になったものが多数いるのだ。残った五七名も無傷のものはひとりもいなかった。

それだけ過酷な戦いに身を置かせたということだ。

シスレイアの胸は締め付けられたが、それでも後悔することはなかった。

ここで悔やんで足を止めれば、それこそ死んでいったものたちに申し訳が立たないからだ。

†

シスレイアが作り出した隙を要塞から注意深く観察するジグラッド中将。

その様子を水晶玉で眺めるのは終焉教団の導師エグゼパナである。彼は部下たちに宣言する。

「おまえたち、この光景をその目に収めよ。一国の姫君が戦場で死ぬなど、なかなかお目にかかれぬ」

エグゼパナは神妙な面持ちでそう言ったが、その予言は外れる。

ジグラッドは執務室の写真をすべて暖炉にくべると、部下に言い放った。

「出陣するぞ。姫様が作ってくださった隙を無駄にすることはできない」

その言葉を聞いた瞬間、エグゼパナは怒色を示すが、しばし大口を開けて笑うと納得した。

「たとえ邪神といえどもあの男を屈服させることはできなかったか」

まあいいだろう、と続ける。

「エルニアの老将よ、おまえの中の正義、それに国を思う気持ち、しかと見せて貰ったぞ。私がこの教団の幹部でなければ見逃してやってもよかったが、私も立場あるもの。悪く思うな」

そう漏らすとエルニアの王都にいる部下に命令を出す。マキシスと陸軍の幹部たちにこのことを伝えるのだ。それと彼の妻を見張るものたちにも。――部下たちは無表情のままそれを実行する。

このような謀略が行われていることをシスレイアは知らない。しかし、それは幸いだった。もしも知ってしまったら、このように勇躍して敵を攻めることはできなかっただろう。

〝なにも知らない〟からこそ、シスレイアは姫としての責任をまっとうできたのだ。

一方、ジグラッド中将はすべて知っていた。自分がここで帝国軍を打ち払えばどうなるか。邪教の脅しをはね除けたらどうなるか、すべて知った上で行動していたのだ。

それはこの国のためであり、この国の未来のためであったが、あまりにも大きな代償だった。

ジグラッドはその内心を部下に見せることなく、部下に突撃命令を下す。

「姫様が不眠不休で作ってくださった隙ぞ！　それを無駄にするような無粋ものはこの師団にはおるまい？」

無論、いるはずもない。大地師団の兵たちは命を惜しむことなく、突撃する。

連日の夜襲、それに長期間の包囲線で疲れ切っていた帝国軍。深い陣容であったが、熱したナイフでチーズを切り裂くかのように解けていく。

ジグラッドみずから先頭に立ち、豪槍で帝国軍の将兵の首を刎ねていった。

その様はまるで鬼神の一団であった、とは生き残った帝国兵の証言であった。それほどまでに見事な突撃であったが、その果敢な突撃が報われることはなかった。

敵軍を突き抜けることが出来なかったわけではない。

むしろ帝国軍は真っ二つに割れ、そのひとつを包囲できそうな状況であった。先頭の部隊は敵の兵糧庫に肉薄するほどであったが、それゆえに失敗を悟ってしまったのだ。

敵の兵糧庫を発見した偵察部隊、彼らからもたらされた報告は想定外だった。

「兵糧庫を発見しました。しかし、ふたつもあるんです！」

その報告を聞いた瞬間、ジグラッドは悟った。自分の敗北と死を。

帝国軍は兵糧庫をふたつ、そのうちひとつは巧妙に隠された位置に設置されていたという。こちらに存在を気取られないように極秘裏に作られていたようだ。

やつらは自分たちの生命線が兵糧庫だと知っていたのだ。だから二重に防護策を練っていたのだろう。どうやら帝国軍人にも頭の良いやつがいるらしい。

敵軍ながらあっぱれであるが、ジグラッドはさして気にしていなかった。

戦場を往来すること四〇年、机上で練りに練られた作戦が戦場で覆されるなど日常茶飯事だったからである。この期に及んでは現場の指揮官として最善を尽くすだけだった。

それにもはや自分の命はないものと思っている、この戦いが最後の戦いだ。部下を道連れにするのは気が引けるが、それでも戦場で大軍とまみえて軍歴を終えることが出来るかと思うと武者震いがした。

ジグラッドは予定を変更し、ふたつに割った一方の帝国軍を半包囲する。そのまま圧力を掛け、帝国軍を実力によって駆逐することにした。

ジグラッドの見事な用兵は功を奏し、帝国軍の半分を潰走させることに成功する。

部下の報告によって残り一五〇〇〇になったことを聞くと、ジグラッドは表情を変えることなく、こう言い放った。

「よくぞやった。忠勇なる大地師団の将兵よ。さて、こうなればあとは〝講和〟するだけ。講和の使者を送れ！」

その言葉を聞いた幕僚たちはぽかんと大口を開ける。

ジグラッドに言葉の意味を問い返すものもいた。〝暗号〟だと誤解するものもいたのだ。

「中将、なにを言ってるのです。我々は帝国軍の半分を潰走させたのですよ。残り半分も蹴散らして見せます。講和など意味がない」

「いいや、意味はある。敵にここまで打撃を与えれば敵は必ず講和に応じるはず。要塞を明け渡せば半年は攻めてこないという約束も取り付けられる」

「ありえません。そのようなことをすれば軍法会議です。我々は勝利できるのですよ」

「だからだ。我々は勝てる。しかし、ただ勝つだけでは駄目だ。マキシスに対抗するためには大地師団を無傷で温存しておきたい。だから我々は講和するのだ」

ジグラッドの論法は、今ならば帝国軍は講和に乗る、講和せずに残り一五〇〇〇に決戦を挑むことも出来るが、たとえ勝ったとしても損害が大きい、と言っているのである。

ならば講和して兵力を温存すべきだというのだ。

その論法は戦略的にも政治的にも正しかったが、現場の軍人に認められるものではなかった。激しい反対意見が出されたが、ジグラッドは強引に講和の使者を送った。

我らの中将は命が惜しくなったのか、公然と不満を口にするものもいたが、中将の真意を知るとある士官はそのものを殴りつけた。

「な、なにをする！」

殴られた士官は頬を押さえ抗議する。士官は殴り返そうとしたが、殴りつけた士官が涙を流していることに気が付き、その動きを止める。

「中将はな、中将はな……」

そのように漏らし、泣き続ける士官。

その士官の涙の意味は、数時間後、判明する。


「帝国軍と講和が成立した。エルニア国に所属する兵士は、ただちに戦闘を止めよ。繰り返す、帝国軍とエルニア軍に講和が成立した」

戦場に流れる情報士官の怒号にも似たアナウンス。それによって思わぬ情報を得たシスレイアは剣を収めると、そのまま要塞に戻った。

そこには調印式を終えた帝国軍人たちがいた。彼らは毅然とした態度で帰還していった。敗北した直後にもかかわらず立派なものであるが、今は彼らに敬意を示すときではなかった。

シスレイアは彼らを無視すると、ジグラッドの副官に声を掛ける。

「中将と面会したい！」

その声には難詰と反駁の成分が満ちていた。

シスレイアもまた講和に納得がいかないのだ。

平和的に解決することが厭なのではない。今、このタイミングで、それも軍事府の許可なく講和に至ったことが不服なのだ。

シスレイアは王女であると同時に政治家であった。

ジグラッドのような立場のものが現場の判断で単独講和を結べばどうなるかくらい熟知していた。

副官もシスレイアと同じ想像をしているようで、沈痛を通り越して悲痛な表情を浮かべるが、面会は出来ないと伝えてくる。なぜかと問う。

「それはジグラッド中将が生きているとは思えないからです」

単刀直入に言う副官。その場にくずおれ、泣き崩れる副官を無視し、ジグラッドの執務室に行くと、道中、銃声が聞こえる。

カン、と乾いた音が鳴り響く。

シスレイアは心臓を震わせながら、身体を震わせながら走るが、執務室で再会したジグラッドは物言わぬ身体になっていた。

ジグラッドの幕僚が涙を流しながら側に立ち尽くしていた。

彼は涙で目を腫らしながら言った。

「……中将は今、身罷られました」

「……なぜ、ジグラッド中将……わたくしにはまだあなたが必要だと言うのに……」

「中将は恥を知っている軍人です。それは命を粗末にするという意味ではありません。中将は奥方の魂を慰撫するため、部下に累が及ばぬようにするため、その命を絶ったのです」

「…………」

シスレイアも涙を流す。幕僚の言葉の意味を即座に理解したのだ。

「中将はマキシス一派に奥方を人質に取られていました。シスレイア様に味方すれば奥様の命はないと脅されていたのでしょう。しかし、奥方は誇り高いお方。昨日、自決し、ジグラッド中将に後顧の憂いがないように決着を付けました」

なんと誇り高い奥方だろうか、シスレイアは彼女の高潔さに胸が締め付けられる。

「シスレイア様への忠誠はそれによって果たされます。しかし、エルニア陸軍への義理は果たせない。講和の責任を取らねば我々幕僚が責任を取らされると思ったのでしょう。中将はみずからの命を代償に、講和を果たしました」

そう言い終えると、幕僚は泣く。身も世もなく泣き続ける。

銃声を聞きつけた他の将官たちもやってくるが、皆、涙を流していた。

ジグラッドが士心を得ていた証拠である。

そのことを改めて確認したが、そんなもの確認したくなかった。

老将には生きていてほしかった。自分の配下になってほしいなどと不遜な考えはない。ただ生きて余生を平穏に過ごして貰いたかったのだ。

それはもはや叶わないが、せめて天国ではそれが実現できるように、シスレイアは彼とその妻のために祈りを捧(ささ)げた。
ジグラッドの執務室とその周囲には彼を慕うもので溢(あふ)れる。
彼の執務室は聖なる墓標となった。

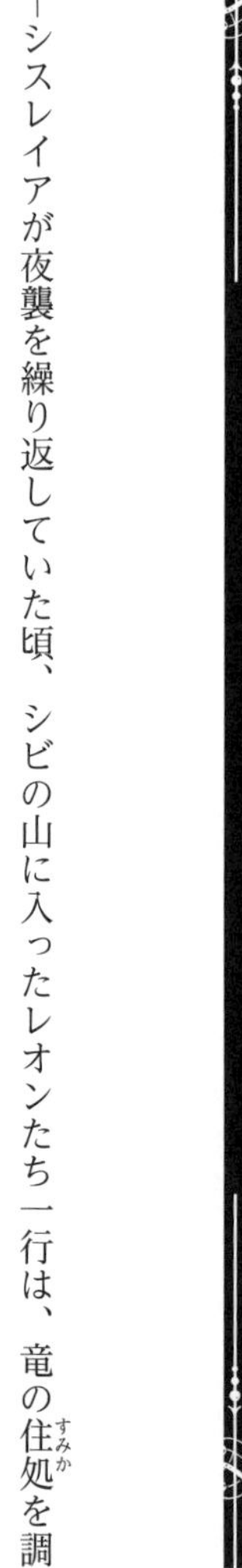

第五章　シビ山の地竜

†

――シスレイアが夜襲を繰り返していた頃、シビの山に入ったレオンたち一行は、竜の住処(すみか)を調査していた。

シビの山の別名は竜の住処。王都における雀(すずめ)のようにありふれた生き物――というのはいささか誇張であるが、虚偽と言い張ることも出来ない。

シビの山はエルニアの中央にある山脈の中でも大型哺乳類が豊富な地域で、ドラゴンにとっては理想的な環境が整っていた。

「古竜種はさすがにいないが、渡りのドラゴンは多かったな」

調査を終えたナイン・スナイプス少佐の言葉である。

「渡りのドラゴンでも皆大きかったな。餌が豊富なんだろうな」

「ああ、南西のドラゴンは俺がこの前ぶっ殺した。問題は南東と南だな。ここら辺のドラゴンを追い払っておけば土木工事は邪魔されないはず」

「じゃあ、手っ取り早く倒すか、どっちからやる？」

「血気盛んなのはいいが、頭をひねれ」

ヴィクトールを窘めると、ナインは「そうだぞ、この大剣馬鹿」と乗ってくる。

「兵法の基本は戦わずして勝利を収めることだ。先ほど観察してきたところ、南東のドラゴンと南のドラゴンは種族が違った」

「まじかよ。おれにはどっちも大きなトカゲにしか見えなかったが」

「これだから脳筋は。どっちも全然違うよ。南東のドラゴンはワイバーン種、南のドラゴンは地竜種だった」

「ワイバーン？　地竜種？」

「はあ、まったくこれだから脳筋は」

ナインは溜め息をつきながらも解説する。

「ワイバーンというのは飛竜のことだ」

「ドラゴンって大抵翼があるだろう」

「まあな、その中でも手足がなく、翼のみの竜をワイバーンって言うんだ」

「手足がないのか。そういえばなかったような。——ていうか、手足がないのにどうやって地上に降り立つんだ」

「ワイバーンは一生を空の上で終える」

「まじか？　あれはどうするんだ？」

ヴィクトールは親指を人差し指と中指の間に差し込む。

「品のないおっさんだな。ワイバーンは空の上で食事をして、空の上で交尾する。出産も空の上だ。ワイバーンの子供は生まれた瞬間から空を飛べるんだ」

「まじか！　すげえな」

「ああ、竜の中ではそれほど強くはないが、興味深い生態だ」

ナインの解説に補足をする。

「ちなみに骨格などの情報から、ワイバーンは竜ではないと主張する賢者もいる。火も吐かないし、翼を持つ爬虫類の一種だという説もあるんだ」

「まじか！　おれにはまったく区別がつかない」

「まあ、学者の世界は色々とあるんだよ。どこで枝分かれしたかで種族を分けるんだ。ちなみに味はたしかにワニなどに近いらしい」

「美味（うま）いのか！」

「らしいな」

「それは楽しみだ」

ヴィクトールは学術的な興味よりも味のほうが大切なようで。彼らしくはあったが、ワイバーンを食べるのはまた今度の機会。俺たちの荷物には牛や豚の燻製（くんせい）や干物がたくさんあった。そっちから消費したい。

「ワイバーンは分かったが、地竜種ってのはなんだ？」

「そっちは読んで字の如く、翼のないドラゴンの総称だ」

「ああ、たしかに翼はなかったな。地を這うドラゴンだった」

「このシビの山はドラゴンの見本市だな、火竜に地竜、ワイバーンまでいる」

「それだけ住みやすいということだな」

「しかし、なんでこうもくっきり住む場所が分かれているのかね」

ヴィクトールが素朴な疑問を口にすると、ナインはそれを小馬鹿にする。

「そりゃ、種族が違うからだ。餌の取り合いになる」

「仲良く分ければいいものを」

その喧嘩を仲裁するように俺は言う。

「ヴィクトールの言は正しいが、餌が豊富なこのシビの山も、近年、巨大な火竜によって餌が狩り尽くされたらしい。幸いその火竜はとある偉大な魔術師に退治されたが」

あ、それは俺のことな、と補足する。

ふたりは呆れながらも「はいはい」と賞賛してくれる。

「しかし、昨日の今日で生態系が回復するわけじゃない。南面の大型哺乳類は全体的に不足している」

「それで仲が悪いのか」

先ほど地竜とワイバーンが牽制し合っている姿を見たヴィクトールがつぶやく。

「その通り、糞まずいゴブリンの死骸を奪い合う状況だ」

「俺はこの状況を利用したいと思っている」

「というと？」

「ワイバーンと地竜を争わせ、土木作業やマキシスとの戦闘を邪魔できないようにする」

「なるほど、地竜とワイバーンがいがみ合っていれば物理的に介入できないものな」

「そういうことだ」

「しかし、どうやって争わせる」

「簡単だ。やつらの巣の境界線上に牛を放牧する。さすれば互いにいがみ合うだろう」

「また牛か！　旦那は牛が好きだな」

「どういう意味だ？」

ナインは不思議そうに尋ねる。

「いや、なんでもシスレイア姫を救うときに、〝火牛の計〟ってのを使って姫を救ったらしい」

「火牛の計ねえ。すごそうだ」

「普通の計略だよ。雄牛の角に松明を括り付けるだけのお仕事だ」

「いや、普通は考えつかないよ」

「異世界の先達にならったまでさ。さて、今回も牛さんの応用だが、さっそく、部下に雄牛を三〇頭ばかり用意させようか」

「そいつは気前が良すぎないか。貴重な食料だ」

「牛を犠牲に勝利を得られるのなら安いものさ。人命には代えられない」

「まあ、そうか。今回は食料は潤沢だしな」

「ああ、行きがけの駄賃で軍事府の補給基地から物資をかっぱらってきたからな」

ナインが炎を放ち、ヴィクトールの手勢が倉庫から物資を奪う光景を思い出す。案外、こいつらは盗賊としての才能もあるな、と思った。

そのように話していると使い鴉を飛ばす。矢のような速度で飛び立ったから、明日には牛がやってくるだろう。それを利用し、地竜とワイバーンを争わせるのだが、その策は容易に成功するはずであった。

——ただ、ひとつだけ気になることがあるが。

東のほうを見つめると、森がなぎ倒された形跡があるのだ。

最初、それを見つけたナインは先日の暴風雨によってなぎ倒されたと結論付けたが、俺は先日の暴風がシビの山まで到達しなかったことを気象機関から得ていた。

——いや、報告書の片隅で見ただけなので、記憶違いの可能性もあったが。

そのことを話すとナインは、

「もしかしたら超巨大な竜が這いずり回った痕かもな」

と言ったが、それはない、と回答する。

「この山に古竜はいない。これほど巨大ならば古竜種認定を受けているはずだ」

そのように言い切るが、稀に古竜種認定を受けていない古竜がいることもあるのである。

例えば活動期が数百年周期であれば古竜協会に報告されることなく、存在することも可能であった。

そして今回、その〝稀〟に触れることになるのだが、今はまだそのことを知るよしもなかった。

†

天秤師団の部下たちが雄牛を連れてくる。

凶暴そうな連中だった。なんでも彼らは俺がよく火牛の計を使うので、日頃から粗暴な雄牛を集めているのだそうな。

王都郊外の農家の間では、天秤師団が〝ごんたくれ牛〟を集めているとは有名な話だった。

部下たちは「今回もレオン様の、魔術にも似た奇跡を見せて貰えるんですね」と目を輝かせるが、彼らには部隊に戻って貰う。先日も宣言したが、今回は俺とヴィクトールとナインだけでけりを付ける予定だからだ。彼らにはシビ山の要塞化にだけ注力して貰いたかった。

というわけで彼らには観戦チケットを渡さず、本隊に戻って貰うと、俺たちは牛を境界線上に連れて行く。

「もおー！」


と暴れる牛もいたが、尻を蹴っ飛ばすと言うことを聞いてくれた。

「前世の行いがいいのかな。それとも俺が牡牛座だから牛に好かれるのか」

角で突いてくる姿を見て、「どこが好かれてるんだか」と漏らすふたりだが、気にせず牛飼いの真似を手伝ってくれた。

「ていうか牛を境界線上に運ぶだけで解決するならば楽だな」

「だな、牛飼いでも竜を飼い慣らせるってことになる」

「まあ、それもこのまま上手く行けばの話だ」

「怖いこと言うなよ、旦那」

「まあ、いつもなにかトラブルに巻き込まれるのが俺たちだ、だからおまえたちを連れてきたのだが」

そのようにして牛を目的地に連れてくると、さっそく、上空にワイバーンが飛び始める。

周囲の森からは地響きのようなものが。

上空にワイバーン、地上は地竜たちが包囲をし始めたようだ。

「鼻が利く連中で助かる」

「さて、このまま牛を置いて逃げれば目的は達成かな？」

ナインは吐息を漏らすが、そのようにはならなかった。

一匹のワイバーンが目を血走らせながら突撃してくる。

牛にではなく、俺たちに。

颯爽と散開するが、ナインは不満を述べる。

「中佐殿の策によればドラゴン同士で相打ちを始めると聞いていたのだけど」

「俺もそう思っていた。しかし、地竜よりも俺たちのほうがお好きらしい」

「デカ物にチビ、インテリと男の中でも不味そうなのを揃えてあるんだが」

ヴィクトールは不満を漏らすが、ワイバーンも変わった好みをしているのだろう。

そう割り切ろうと思ったが、茂みから飛び出してきた地竜の一匹も牛ではなく、俺たちを狙ってきた。

「どういうことだ？　ナイン、腹に牛肉でも巻いているのか」

「んなわけあるか。おまえが汗臭い匂いを漂わせてるんじゃねえの？」

「汗臭いと美味いのかな」

ヴィクトールは避けると、大剣を取り出し、一撃を見舞う。

大きなトカゲにも似た地竜はその一撃にも耐える。人間ならば粉砕されるそのパワーもさすがに竜を一撃で屠ることはできなかった。しかし、それでも十分、通用するが。

ナインは両手を紅蓮(ぐれん)に染め上げると、炎魔法で対抗していた。

火竜ならば炎を無効化される恐れがあるが、地竜とワイバーンが相手ならば炎魔法は有効なようだ。頼もしい。

辺りから爬虫類(はちゅうるい)の焼け焦げるいい匂いが漂ってくる。

さすがは炎の魔術師に鬼神ヴィクトールといったところだが、彼らを褒めるよりも先に気にしなければいけないことがある。

なぜ、彼らは野獣のように興奮しているのだろうか。

それが気になった。

「本来、竜という生き物はある程度、知性があるんだ。人間でいえば九歳の男の子相当の知恵があるという研究結果もある」

「九歳の誕生パーティーでのけ者にされた連中の集まりかな」

「その可能性もあるが、俺はなにかに怯(おび)えているようにも見える」

考察しながらも《氷槍(ひょうそう)》の魔法で地竜を一匹串刺しにする。

「学者肌の旦那らしいが、そういう考察はあとにしてくれないか。まずはおれたちが食われないか、その心配からしてほしい」

「たしかにその通りだ。そうだな、ヴィクトール、ひとりで何分持ちこたえられる？」

ヴィクトールは周囲を見渡すと、冷静に彼我戦力を計算する。戦場の勇者は五秒ほどで計算を終

えると、

「五分と言ったところか」

と言った。

「じゃあ、きっかりその時間を稼いでくれ、今から俺は禁呪魔法を使ってワイバーンを駆逐する」

「地竜はどうするんだ？」

「地竜はナインに任せるわ」

「へ？　オレ？」

己の鼻がしらを指さす。

「あのな、レオンの兄貴、オレは兄貴と違って普通の魔術師なんだよ。禁呪魔法で一撃ってわけにはいかないんだ」

「じゃあ、二撃でもいいぞ」

同じだ！　と怒るナインに笑いを返す。

「冗談だよ。俺には策がある。おまえが炎の魔術師でよかったよ」

そう言い切るとナインの耳にごにょごにょと策を授ける。

その策を聞いたナインは「ま、それならなんとかなるか」と言うが、ヴィクトールは疎外感を受けているようだ。

「のけ者にしているわけじゃないぜ。黙っていたほうが面白いだけだ」

「余計にたちが悪いが、まあいいだろう。詳細を聞けば油断して五分が四分になってしまうかもしれない」

「いい心がけだ。その気概に免じて五分のカウントは今から始めてやろう」

と俺が火球を投げると同時にヴィクトールもワイバーンを打ち落とした。

「我が師団の軍師様は鬼だな」

カウントを始めるタイミングについて文句を言っているようだが、聞き流すと禁呪魔法の詠唱を始める。ナインは後方に下がり、〝仕掛け〟を始める。彼ならば五分後に強力な援軍を連れてくるだろう。それは疑っていなかった。

問題なのはヴィクトールが五分耐えられるかであったが――。

鬼神ヴィクトール少佐の活躍を観察する。

彼は鬼神の異名に相応しい活躍を見せる。

大剣を振り回しながら戦場を闊歩する。

地竜に囲まれれば台風のように回転し、なぎ払う。

空からワイバーンの攻撃を受ければ、飛翔し、縦に回転しながら一刀両断する。

非人間じみた動きであるが、恐ろしいことに彼はすべて筋肉によってその動きを行っていた。

「まったく、俺やナインには絶対出来ない芸当だな」

俺もナインもヴィクトールに負けないほどの動きを見せるが、それらは魔法で己の筋肉を増強しているだけに過ぎない、いわばドーピングなのだ。しかし、ヴィクトールは鍛えぬいた己の身体だけであの常識しらずの動きをしていた。

「縦回転しながらワイバーンを切り裂くとは、まるで異世界の〝ゲーム〟だな」

やったことはないが、異世界のゲームというやつはそのような派手な演出が好きらしいとある書物に書かれていた。

改めて感心するが、それでもたったのひとりでワイバーンと地竜を同時に相手にするのはつらかろうと俺は禁呪魔法の詠唱を速める。不要な部分をカットして、両手に風の精霊王の力を宿すと、ちょうどいいタイミングでやってきたナインに尋ねた。

「準備は終わったようだな」

「終わったよ、終わった。ていうか、オレは牛飼いじゃねえ」

「その割には見事な手際だが」

「炎の魔術師の面目躍如だよ。松脂も持ってるしな」

「それを牛の角に塗りたくって、持続性の炎魔法を掛けてくるというわけか」

「ああ、あとはレオンの指令を待つだけだ。もう、着火していいか？」

「ああ、構わん。俺が今からド派手にワイバーンを落とすから、それを合図にしてくれ」

「りょ」

ナインが短く返答すると俺は魔法を放つ。《嵐の刃》の魔法である。

両腕から風の魔力を解放すると、竜巻が出来上がる。

俺はそれを今にもヴィクトールに襲い掛からんとしているワイバーンの一団に送り付ける。

刃の嵐は移動し、竜巻のように怒り狂う。内部にはナイフのように鋭い鉄片が渦巻いているから、翼も身体もずたぼろとなる。

次々と落ちていくワイバーン、それらの頭を着実に粉砕していくヴィクトール。

彼は一息つけるほど余裕を取り戻したようだが、それでは申し訳ない。昼寝でもできるくらいの余裕を与えたかった。

ナインのほうを軽く見ると、彼はこくりとうなずく。

連れてきた牛たちに呪文を掛ける。《着火》の魔法だが、ただの着火ではなく、広範囲に発生し、持続性もあるオリジナルであった。この場で作り上げたらしいが、この辺は炎の魔術師の面目躍如というところだった。

牛たちの角には松脂が塗られており、よおく燃え上がる。

突如頭に炎が宿った牛たちは、熱と痛みによって興奮し、突撃を始める。

暴れ狂いながら突進をする牛。

地竜は全長三～七メートルと大型のものもいたが、体重一トン以上の牛の突撃は強力だった。

炎をまといながら突進してくる牛の群れに恐怖した。

怯(ひる)みを見せる地竜、ヴィクトールはそれらにも攻撃を加えていくが、俺もそれに参加する。

魔術の杖を〝剣状〟に変化させると、一匹一匹始末していく。

狩られることのなかった地竜たちは困惑するが、それでも撤退はしなかった。

その目はどこまでも血走っていた。

「いったい、こいつらの狂気はどこから来るんだ？　薬物中毒の兵士だってもうちょっと引き際を考えるぞ」

ヴィクトールはそのように表すが、それは言い得て妙かもしれない。

ワイバーンは先ほどの竜巻で撤退を始めた。

死の恐怖が興奮と食欲を凌駕したように見える。

しかし、地竜は相変わらずアドレナリン全開で、引く様子を見せない。むしろ、山中の地竜が引き寄せられるように集まりつつあった。

このままでは埒があかない、撤退すべきか？　そう思ったが、俺はとあることに気が付く。

地竜が陣形のようなものを組んでいることに気が付いたのだ。

その陣形はとある場所が異様に厚い。

そこだけは死守する。絶対に通さない。そのような意志を感じた。

そうなればあまのじゃくな俺はその先を見たくなる。

ヴィクトールとナインに詳細を告げ、《飛翔》でやつらの頭を越えることを伝える。

彼らの反応は、

「ま、いいさ。このチビとふたりなら一〇分くらい持つだろう」

「レオン中佐が調べたいのならばなにか意味のあることなのだろう」

と好意的な反応だった。

一秒でも惜しい俺はそのまま飛翔すると地竜の頭を越え、その先に向かった。

地竜たちが隠していたのは森への道だった。

森の入り口の木はなぎ倒されている。

先ほど見た光景とまったく同じだった。

木々を入念に調べると、地竜の鱗が付着していた。

それだけ見れば地竜が集団でなぎ倒したように見えるが、そのような判断を下すことはなかった。

なぜならばその地竜の鱗が俺の顔よりも大きかったからである。

その大きさから推測するにこの鱗の持ち主は小山のようであろう。

そのような化け物、古竜以外存在し得ない。

「つまりシビ山にも古竜がいたのか」

おそらくではあるが、数百年単位で活動周期を変えるタイプだ。もっとも厄介なタイプであるが。

「ワイバーンは本能でこいつに怯え、俺たちを攻撃してきたが、地竜は眷属としての本能かな」

つまり、この鱗の持ち主である古竜を倒せば、彼らは大人しくなる、ということであった。

ならば宮廷魔術師 兼 軍師としてはそいつを討伐するまで——。

とはいかない。

俺は夢想家ではないのでひとりで古竜を倒せるなどとは夢にも思っていなかった。

——思ってはいなかったが、やるしかないが。

このように森をなぎ倒せるほどの竜がいるとなれば、シビの山を要塞化する計画は無意味となる。

そいつが暴れただけで要塞は崩れ去るからだ。そのときをマキシスに強襲されれば一巻の終わりだった。

ならば倒すしかない、俺はそう思って森の奥に入った。

森の奥、中心に近づくほど気配を濃厚にする古竜種。

硫黄の匂いと、獣臭さが混じった匂いが立ちこめている。

また腹の底に響くような重低音も。古竜はただ呼吸をするだけで周囲を揺らすのだ。

とんでもない化け物であるが、俺は右手に全魔力を込める。

「——開幕一番に禁呪魔法だな。それしかない」

いきなり禁呪魔法のフレアを放つ。

それで倒せなければ後退し、別の方法を考える。それが当代一と謳われた軍師様の策であるが、
我ながら行き当たりばったりである。しかし、古竜種ともなれば小賢しい作戦など無意味なのだ。

以前、倒した火竜のようにはいかなかった。

改めて吐息を漏らすが、それが漏れ出た瞬間、咆哮が俺の身体を包んだ。

鼓膜が破れそうな咆哮であったが、《防音》の魔法をしていたので問題はなかった。しかしそれでも髪を揺らし、五臓六腑に響く咆哮は畏怖に値した。

正直、びびっているが、存在を把握された以上、もはや攻撃するしかなかった。

俺は標的を捕捉することなく、手のひらからエネルギーを放つ。

放射線状に広がる禁呪魔法のフレア。

膨大な魔力が収束し、ひとつの束になり、まっすぐ伸びるが、その先には巨大な地竜がいた。

大口を開けて突進してきている。

狙いを付けなかったのは狙いを付ける必要がなかったからだ。

これだけ大きければ適当に打っても当たると踏んだのだが、それは正解だった。

木々をなぎ倒しながら突進してくる巨大な地竜の口元にフレアは当たる。

フレアは俺が詠唱できる魔法でも最強クラスの威力を誇ったが、巨大な竜はびくともしなかった。

鱗を何枚かはがすだけだった。

「――まったく、なんて化け物だ」

こいつを倒すには戦略級魔術師が五人はいるな。

その考察は外れてはいないだろうが、当たったからといってなにか得になるようなことはなかった。ただ、びびりもせずに攻撃を加える。

「いいだろう、やるしかないよな。俺が死ぬか、おまえが死ぬか。分かりやすいゲームだ」

そう漏らすと俺は全身を魔法で強化し、地竜に飛び掛かった。

木々ややつの背を八艘飛び（はっそうと）しながら間断なく攻撃を仕掛けるが、何度攻撃しても致命傷を与えることは出来なかった。

一〇分後――

全身で息をする俺。魔力も枯渇し始めていた。

傷こそ負っていないが、立っているのがやっとという感じだった。

今、この場で崩折れて気を失ってもおかしくない状況であったが、両足を奮い立たせ、立っていた。

ここで倒れても援軍は期待できない。ここで俺が死ねば姫様の未来がついえる。

そう思えば死んで楽になろうなどという選択肢は考えられない。

最後まで戦い尽くすのが俺に定められた運命なのだ。

巨大な竜の攻撃を避けながら、どうやって〝相打ち〟に持っていくか、考えていると、後方から火の玉が飛んでくる。

振り返るとナインが《火球》の魔法を放っていた。

「おいおい、おまえがなんでここに」

「援軍に来たのに、ひでえ」

「ヴィクトールはどうした。おまえなしに戦線を維持できるのか？」

「チビは邪魔だからレオンの旦那を救えってさ。まあ、部下の有り難い差し入れだ」

「……まったく、おまえたちときたら」

血が滲んだ両手で大剣を振るっているはずの部下に感謝を送ると、彼らの恩義に報いるため、勝負を決める。

「ナイン、あのでっかい地竜はどうやって倒せばいいと思う？」

「オレに分かるわけないだろう」

「いいから、当てずっぽうでもいい」

「まじかよ。うーんそうだな。あの皮膚の分厚さじゃあ外から攻撃しても無駄だろうし……」

ナインはしばらく首をひねると、

「そうだ！　内部から破壊すればいいんだ！」

と叫んだ。

「正解だ。さすが俺の一番弟子」

「いつオレが弟子に……、まあ、嬉しいけどさ」

「戯れに採ってみただけだ。気に入らなければいつでもやめていいぞ」

「じゃあ、取りあえずやつを倒すまでは仮弟子ということで」

「じゃあ、見事、やつを倒して見せるから見ていろ」

そう宣言するとやつの腹の中に飛び込むことを宣言する。

「中佐みずから!?」

「部下を危険にはさらせない。それにこれは俺しかできない。やつの腹に潜り込んだあと、爆縮魔法を唱えないといけないからな」

「たしかにオレはもう魔力切れだ」

「だろう。ま、チビだから仕方ない」

「チビ言うな。——でも中佐、死ぬなよ」

「分かっている。この世のすべての本を読み終えるまで死ねるか」

「へへ、強欲だな」

ナインはそう漏らすと、特大の《火球》を作り出し、それをぶつける。

それを喰らった地竜は痛みのあまり、大口を開ける。

俺はその隙を見逃さず《転移》の魔法を使ってやつの口の中に飛び込む。細心の注意をはらって歯を避けるが、数センチずれていれば右腕も失っていただろう。

ただ魔術師のローブは無事というわけにはいかない。お気に入りのローブの端が食いちぎられる。

「くそ、エルニア軍人の安月給を舐めるなよ」

ローブの買い替え費用を考えると頭痛がするが、それでもやつの胃に飛び込んだ俺は爆縮魔法を詠唱した。

化け物の口の中に飛び込む上司の姿を頼もしげに見つめるナイン。

魔術師になって、色々な上司を見てきたが、レオンのように胆力があり、危険を顧みない上司は稀だった。また部下思いなところも特筆に値するだろう。

クソな上司は星の数ほどいるが、レオンのような上司とはもう二度と巡り会えないような気がする。そういった意味では絶対に死なせたくない男であった。

（……もっとオレを楽しませてくれよ）

軍人になどなるものか、と魔術師の道を選んだナインであるが、自分をこの世界に引き込んでくれたレオンには感謝していた。少なくとも退屈とは無縁の人生が歩めるからだ。

そのようにレオンとの出会いに感謝をするが、ナインの背中に冷たい物が走る。

地竜の腹から轟音が響き渡らないからだ。

なかなかレオンは腹から出てこない。

爆縮魔法は詠唱に時間がかかる魔法だが、レオンほどの魔術師ならば一分で唱え終えるはずであった。しかしどうだろう、二分経ってもなんの変化もなかった。

ナインは焦る。レオンが地竜の歯によって切り裂かれたのでは。強力な胃酸によって溶かされているのでは。最悪の想像が駆けめぐるが、三〇秒後、安堵のため息を漏らす。

レオンが腹から出てきたからだ。

ナインは彼を援護するように炎魔法を操りながら、帰還を祝う。

「トカゲ退治は失敗だが、嬉しいよ。中佐の顔をまた見れて」

「俺はうんざりだが、ありがとう」

「しかし、中佐ともあろうものが失敗するとはな」

「失敗したわけじゃないさ。慈悲が芽生えただけ」

「慈悲だって!?　この期に及んで!?」

「こんなときだからさ。地竜とはいっても妊婦はやれない」

「な？　あいつ雌だったのか!?」

「そう。見事御懐妊されているよ。しかも出産まぢか」

「もしかしてあいつが暴れているように見えたのは……」

「その通り、古今、種族を問わず妊婦ってのは過剰に防衛本能が働くものさ。それに腹が減るもの」

「だからワイバーンが気を立たせていたのか」

「ああ、それだけでなく、周囲の哺乳類を食い尽くしてしまったんだろうな」

「なるほど、しかしどうするんだ？」

「取りあえず敵意はないことを示す。それと食事でも奢（おご）って機嫌を取る」

「さすが兄貴、妊婦も口説くとは」

「女性が最も美しい時期だよ」

そのように返すと、ナインに命じて火牛たちを呼び戻す。

鎮火処理が施された牛たちは素直に戻ってくるが、これから地竜に食べられるかと思うと少し申し訳ない。しかし、兵士たちの命には代えられなかった。

「いつか牛塚を作ってやらないとな」

食卓に出された牛たち、シスレイアを救ってくれた牛たち、そして、今回、生贄になってくれる牛たちに改めて感謝すると、地竜に牛を与えた。

牛を食し終えた地竜は嘘のように穏やかになる。

竜は知恵ある生き物。一連の行為で俺が敵対者ではないと気が付いたのだろう。地竜の頭を撫でると俺は彼女の出産を見守る。

巨大な地竜はその後、三日三晩、唸り声をあげ、陣痛で苦しむと、四日目の朝、出産する。

難産であったので足しか出ない状況であったが、片方だけ出た子竜の足に縄を付け、引っ張る。

それを呼び寄せた部下たちに引っ張らせる。

運動会の綱引きのように引っ張ると、無事、古竜はこの世界に産声をあげる。朝日とともに子竜の咆哮が響き渡る。

こうして俺たちは一帯の主である古竜と絆を結ぶことに成功した。

彼女に自分たちの邪魔をしないように伝える。

「すげえな、中佐、竜語も話せるのか」

「まさか、フィーリングだよ」

「……」

呆れるナイン。しかし、俺は彼女が味方になってくれたと確信していた。少なくとも土木工事の邪魔はしないだろう。

いや、そんな暇はない、の間違いか。

彼女は愛おしげに子竜に餌を与えていた。先日、丸呑みした牛を半分だけ消化し、与えていたのだ。

グロテスクであるが、愛情を感じさせる光景だ。

子育てに忙しい彼女が、俺たちを邪魔する道理などどこにもなかった。

そのことを確認した俺は、天秤師団の本隊に戻る。

部下たちは一生懸命に柵と堀を作っていた。

なかなかの出来だ。シビの山は元々、天然の要害、それにこの防御柵と土堀が加われば鬼に金棒であった。

さらに俺は副産物として巨大な地竜の心も得る。

巨大な地竜が俺の言うことを聞いてくれるようになったのだ。

出産直後だから無理はさせられないが、彼女がなぎ倒した木々で柵を作り、その巨体で大岩などをどかして貰った。巨竜は土木機械としておよそ理想的な存在だった。彼女のお陰でシビの山の要塞化ははかどり、予定より一週間以上早く完成した。

部下たちは目を丸くし、俺の起こした奇跡に驚く。

まあ、これも人徳というやつかな。そううそぶくが、ナインとヴィクトールだけがそれが奇跡ではなく、必然だと知っていた。

必然によって必要な資材を集め、竜の妨害を防いだ俺たち一行、あとは姫様の帰還を待つだけであった。

土木工事の作業を視察しながら、今か今かと姫様の帰りを待つ。

その姿を見てヴィクトールなどは、

「嫁の浮気を気にする甲斐性なしの旦那のようだな」

と皮肉るが、見当違いな皮肉ではなかったので、気にしない。

俺は姫様のことが心配で仕方なかった。

同行させていた諜報部隊のものの報告によれば、姫様派は見事、大地師団を包囲する帝国軍をはね除けたという。

講和という形ではあるが、帝国との一時的な和平も実現し、後顧の憂いを断ってくれたのだ。

大地師団も援軍に駆けつけてくれるだろう。

しかしその代償として大地師団の団長であるジグラッド中将が自害された。

みずから命を絶ち、責任を背負ったのだ。

勇気ある死であるし、尊厳のある死であった。もののふとはかくありたい、そう思うような死であった。

ジグラッド中将とはパーティーの席、それと軍事府の廊下で何度か話しただけであったが、その僅かな時間だけでも人となりが知れた。

誰よりも自分に厳しく、誰よりも正義を愛する性格。曲がったことが大嫌いで、融通は利かないが、姫様と同じ志を共有するもの。

いや、四〇年に渡ってそれを実行してきたという点では姫様以上の〝愛国者〟といってもいいだろう。

そんな老将が自害したと聞いた俺は平常心ではいられなかったが、それ以上に心かき乱されているのは姫様だろう。

彼女の優しくも気高い心は、張り裂けんばかりに共鳴しているはずだった。

なんとか慰めてやりたいが、無粋ものの俺にはどうしていいか分からなかった。

そのように思い悩んでいると、部下からシスレイア姫帰還の報告を聞く。

どのような表情で会えばいいか迷っている間に、姫様自身がやってくる。

彼女の表情は、強く、凛としていた。

その姿を見て悟る。

シスレイア姫は俺などよりもよっぽど心が強いことを。

慰めが必要なのは彼女ではなく、俺であることを。

（……まったく、そんな小さい身体のどこにそんな強さを秘めているんだ）

彼女はすでにジグラッドの死を受け入れ、未来を見つめていた。

どうやったら彼の死を未来に繋げられるか、それしか考えていないようだ。

ならば彼女の軍師である俺はその未来をよりよいものにするために知恵を貸すだけだった。

俺は帰還したシスレイアに右手を差し出すと、彼女の右手を強く握りしめる。
二三、言葉を掛けると、設営されたばかりの作戦司令室に彼女を案内した。

作戦司令室の上座に彼女を座らせると、作戦の概要を話す。

彼女のメイドは長旅の疲れを癒やすことを勧めたが、主は毅然と首を横に振ると、まっすぐに俺を見つめる。俺はその期待に応える。

「マキシスの軍を迎え撃つための準備は整った。シビ山の要塞化は完了、援軍の準備も整いつつある」

「大地師団の方々は必ずマキシスの軍の後方から襲いかかると約束してくださいました」

「有り難い。旧主の名誉に懸けて約束を果たしてくれるだろうな」

「はい。それとジグラッド中将は自決される前に大量の手紙を書いてくださいました。エルニア各地に赴任している軍団に向けたものです。志に共鳴してくれたものは味方になってくれるでしょう」

「有り難い。マキシスと敵対しなくても、その場にいてくれるだけで抑止力になる。王都でも反マキシスの気運が高まっているらしいから、やつらが自由に動かせる兵は五万を下回っているらしい」

「我々の軍は五〇〇〇ですね」

「そうだ。期待できる援軍は大地師団の一五〇〇〇。それと軍事府の目をかいくぐってやってきてくれる義勇兵五〇〇〇といったところか」

「二五〇〇〇と五万ならば勝機はあるんじゃねーか？」

作戦司令室のテントを狭苦しそうにくぐってくると、ヴィクトールは言った。

「その通り、ランカスターの法則によれば倍までの兵力は戦いようによってはなんとかなる」

「それにおれらは半要塞に立てこもる予定だしな」

「そうだ。通常城攻めは相手の三倍の兵力が必要だ」

「机の上では我らが有利ともいえますね」

「その通り。あとは計算通りやれば負けない〝はず〟だが」

はずといったのはひとつだけ不確定要素があるからだ。

俺は軍師としてやるべきことをやった。勝利を得るために事前にできることはすべてやったのだ。

大軍を迎え撃つ防御陣の構築、援軍の依頼、事前工作、あらゆることをやった。

それによって勝率は七割まで上げることができたと確信しているが、不安要素がないわけではなかった。

先日、俺の部屋にやってきた黒衣の男を思い出す。

終焉(しゅうえん)教団の導師を名乗る男、エグゼパナ。

やつの陰気にして野心的な目を思い出す。

エグゼパナは無能ではない。いや、むしろ有能であろう。権力への執着も加味すれば軍師としての才能は俺を凌駕しているかもしれない。

そのような男がマキシスと組んだのだ。なにか秘策のようなものがあるとしか思えなかった。

その秘策を打ち破れねば敗北するかもしれない。

冷静に計算するが、その計算を成功させてやる義理はなかった。

(どんな策を用意してこようが打ち破るまで)

改めてそのように決意すると、俺はこの作戦の要である、

「レインハルト殿下奪還作戦」

について説明を始めた。

†

天秤師団の士官が作戦司令室に集まると、俺は作戦方針を話す。

「皆にもすでに伝えてあるが、俺たちの基本方針は変わらない。このシビの山に籠もりつつ、別働隊を用意してレインハルト殿下を救出、王位に就いて頂き、逆にマキシスを賊軍として頂く」

周囲を見回すが、誰からも異論はなかったので話を続ける。

「シビの山に籠もる兵力は五〇〇〇だが、精鋭だ。大地師団の援護も見込めるし、かなりの日数、持ちこたえられるだろう。問題なのはレインハルト殿下を奪還できるか、だが」

それについてはある士官が挙手をする。

「レインハルト陛下奪還に兵を分けるのは危険ではないですか？」

「どうしてそう思う？」

「我々の兵力は少ないです。それをさらに分けるなんて」

「貴官の言っていることは正しい。シビの山は要塞化されているとはいえ、五〇〇〇の兵士からさらに兵を引くなど有り得ない。だから俺単独で王都に潜入し、殿下を奪還してくる」

「レオン中佐単独で!?」

信じられない!?

作戦司令室にいるものが全員同じような表情となった。冷静なのは俺だけのようだ。

「今、発言があったとおりだ。この要塞の兵は割けない。俺たちの目的は殿下奪還であるが、それは姫様が無事であって初めて意味を成す」

「理屈上はその通りですが」

士官は食い下がるが、一同の長であるシスレイアはこう言った。

「――分かりました。その作戦を許可します」

「おひいさま!」

作戦会議に参加していたクロエは声を荒らげる。

「クロエ、いいの。レオン様の言は誰よりも正しい。この師団はレオン様の策によって生まれました。生きるも死ぬも彼の知謀次第。我々がレオン様を疑いながら勝利など望めましょうか?」

「…………」

「作戦は承認しますが、その代わり単独での行動は許しません」

そうですね、と彼女は続けると、士官たちを見回す。

「ヴィクトール少佐とスナイプス少佐はお付けできません」

残念そうにするヴィクトール、抗議するナイン。シスレイアは毅然と続ける。

「もうじきマキシスがやってきます。彼らには兵を指揮して頂かないと」

その理屈はもっともであり、当人たちも分かっていたことなので、すぐに引き下がる。しかし、一騎当千の士官はそうそう居ないぜ、とも言う。

「分かっております。だからクロエを同行させます」

「私はおひいさまの側を離れたくありません」

「それはわたくしも同じ」

にこりと微笑むシスレイア。

「しかし、これは国の命運を懸けたいくさ。それにレオン様はわたくしにとってもはや半身、いえ、一心同体なのです。レオン様を守るということはわたくしを守るということです」

「………」

分かりました。

クロエは納得する。

「ありがとう、クロエ」

穏やかな微笑みを漏らすと、シスレイアは最後に俺を見る。

「それではレオン様、よろしくお願いいたします」

「ああ、分かった」

それだけのやりとりで終わる。ある意味、俺と姫様の信頼は醸成されきっていた。余計な言葉など必要ないのである。

俺は一同にマキシスを迎え撃つ策を伝授すると、王都に戻る準備を始める。

と言っても鞄(かばん)に服を詰め、本を数冊入れるだけだが。

クロエも旅慣れているから、用意はすぐに終わった。

今すぐにでも出立できるが、時刻は夕刻になっていた。今日はゆっくりと休み、明日の朝一番に出立をすることにした。

†

王都にて――。

天秤師団がシビの山の要塞化を成功させつつあったとき、王都でも軍隊の準備が整いつつあった。

マキシスの親衛隊と彼の息の掛かった師団が編成を完了させたのだ。

その数は五万を超えていた。

その陣容を見た終焉教団の導師エグゼパナは「ほう……」と感嘆した。

親派(シンパ)の師団をひとつも欠くことなく動員できたことに驚いたのだ。

ウォレス王の長男マキシスは人望がないことで有名であった。部下の忠誠心を刺激しないタイプであり、なおかつ本人も有能ではないのだ。

しかし、国王の長子ということもあり、次期国王候補の最有力である事実は無視できないのだろう。軍部でも主流派の多くが彼の味方をしていた。

もっとも、彼は主流派を味方にするとき、非道な手も使っているが。

軍部の主流派でも改革派でもない将校を何人か生贄（いけにえ）に捧（ささ）げ、自身の勢力を強化したのだ。

彼はどちらにも付かず様子見をしている将校の罪をでっち上げ、逮捕した。

軍事物資の横領、民間人への暴行、王室不敬罪、あらゆる罪をでっち上げ、兵権を奪った。そして彼らの兵力を自身に加えたのだ。

強引なやり方であったが、それによってマキシスの軍は強化され、日和見をしようとしていた主流派を味方に加えることに成功したのだから、ある意味、一軍の将としては有能なのかも知れない。

（将才は皆無かと思ったが、なかなかかもしれんな）

エグゼパナは思う。

（……もっとも、近視眼的な戦略だが）

このような暴挙が許されるならば誰しもが政治家になれる。

軍人としては悪くない手であるが、政治家としては最悪の行動だ。軍の中に敵を作ってしまう行動である。無実の罪で逮捕された軍人の部下、あるいは家族は、一生、マキシスを恨むだろう。

無実の罪で逮捕した将校、その中でも反抗的なものを絞首刑にするマキシスを見て、エグゼパナは呆れた。

「くははは！　見たことか！　俺に逆らうものは皆、こうなるのだ！」

糞尿を垂れ流し、絞首台にぶら下がる死体を見て、そのように高笑いする王太子を見て、エグゼパナはこの国の終焉を感じたが、気にはしなかった。

なにせ自分は終焉教団の導師であるし、それでなくてもこの国になんら責任も愛着感もなかったからだ。

目下の目的、レオン・フォン・アルマーシュの始末さえ出来ればいいのだ。

短期的でも兵力を増強するのは、悪いことではなかった。


王都の凱旋門に集まったマキシスの軍勢。

親衛隊の数は五万。王都の貴族の子弟たちのみで構成された部隊であり、その兵装はアストリア帝国の精鋭部隊にも勝った。

また戦略級魔術師が多く配備されているのも特徴である。

戦略級魔術師とはひとりで一〇〇の兵を相手取れる魔術師のことで、これをいかに集めるかが兵団の強さを決めるひとつの要素となっていた。

潤沢な資金があるマキシスの親衛隊は、王国でも屈指の師団と評してもいいだろう。

また彼の親派である他の師団の兵装もなかなかのものだ。

銃保有率は天秤師団よりも高いであろう。

これもマキシスがあくどく資金を集めたおかげである。弟のケーリッヒが死んだあと、彼が築い

た利権を丸ごと奪えたのも大きかった。そういった意味ではケーリッヒを殺した妹のアシストともいえる。

「なにからなにまで俺の思うとおりだ」

再び高笑いを上げるマキシス。

このまま妹を殺せば己の天下がくると思うと笑いが止まらなくなる。

高笑いを上げ続けるが、ひとつだけ不快な情報が耳に飛び込む。

その情報とはシビ山に向かう途中にある砦（とりで）のひとつが、使者を送り返してきたのだ。

その砦の指揮官は、冷然と答えたという。

「このいくさは内乱ですらない殿下の私戦、そのような戦いに砦の物資は渡せない。この物資は国民の血税によって買われたものなのだから」

気骨ある士官であり、国を憂う国士でもあったのだが、想像力が足りなかった。

マキシスが欲しいのは国士でも正論でもなく、「全面的なＹＥＳ」だったのだ。

マキシスを賞賛し、どのような愚挙にも付き従うもののみマキシスは欲していた。

そんな彼にＮＯを突きつけるのは悪手なのだが、砦の指揮官は平然とＮＯと言い放った。

五万を超える軍勢を用意したマキシスは気が高ぶっていた。

それが悲劇を生み出す。

五万の軍勢の肩慣らしのため、件（くだん）の砦を攻撃することが決まったのだ。

マキシス・フォン・エルニアは「国王の名代」と「王国陸軍大将」の肩書きのもと、味方を攻撃したのだ。

砦を守るアスター・フォン・レドリック大佐は驚愕した。戦後、処罰されるとは思っていたが、まさか砦ごと攻撃されるとは夢にも思っていなかったのだ。

しかし、気骨ある国士はその志の厚さと同じくらいの指揮能力を有していた。

五〇〇の兵でマキシスの五万を翻弄した。

数日、砦でマキシスの軍を押さえ込むと、その後、決死の突撃をし、マキシスの包囲を突破した。

五〇〇いた兵は五〇まで減り、レドリック大佐も死亡するが、全滅は免れたのである。

画竜点睛を欠く勝利であったが、マキシスはこの勝利を喜んだ。

続く天秤師団との戦闘の前の景気づけとなると思ったのだ。

部下たちに大量の飲酒を勧めると、捕虜とした砦の兵士たちをみずから斬り殺した。

宝物庫から持ち出した武具の調整としたのである。

一連の行動を見て彼の部下たちはマキシスの残虐性に恐れおののいたが、生き残った五〇人たちは違った。復讐心に怒りを燃やし、王国各地にこの愚挙を伝えることを心に誓う。

五〇人、全員がそれを実行し、マキシスの評判を貶め、そのほとんどが反マキシスの義勇軍に加わることになる。

第六章 影の宮廷魔術師

†

翌朝、俺とクロエはシビの山を旅立つ。

兵は一兵たりとも連れて行かない。

昨日も言ったが、天秤(てんびん)師団に余剰兵力は一切ない。

一兵でも連れて行けばそこから戦線が崩壊し、マキシスに負けるという可能性もあった。

そのような未来は見たくないので、単独で潜入するのだ。

「単独ではありません。一騎当千、怪力無双のクロエがおります」

メイドさんは頬を膨らませる。

一度、俺に従うと決めた以上、姫様への未練はないようだ。

いや、姫様のことを信頼しきっているのだろう。

「おひいさまはレオン様のおかげで成長しました。レオン様に会う前のおひいさまは志はあるが世間知らずのお嬢様でしたが、今は幾多の困難を乗り越え、経験と貫禄(かんろく)を身に付けています」

「だな。強い女性になった。偉大な指導者だ」

「王国摂政の立場も無事にこなしましょう」

「それについては不安はないが、まずは権力を奪取しないとな」

「ですね。さて、まずは別荘に向かいますか？　先日の抜け道を使って」

「シスレイアの義母はそこまで馬鹿じゃない。すでに別荘は廃棄、今はマキシスの庇護下にいる」

「王都に居るのですか？」

「そうだ。軍事府が用意した貴賓館に居る」

「王都ですか、軍事府の警備がすごそうです」

「マキシスは、いや、導師エグゼパナはレインハルトが我々の生命線だと分かっているはず。厳重に警備をしているはずだ。容易には近づけない」

「ですね。しかし、策はあるのでしょう？」

「ない」

即答する俺。目を丸くするクロエ。

「ど、どういうことでしょうか？　昨日の作戦会議では自信満々でしたのに」

「そりゃあ、兵の手前、策がないなんて死んでも言えないさ。士気に関わるからな」

「…………」

クロエがジト目で見つめてくるので、俺は笑いながら補足する。

「それと情報が不足している。王都の情報は特に。マキシスの主力軍が出立したが、王都にはどれだけ残っているか不明だ」

「マキシスは五万の兵でシビに向かっているそうです」

「しかし、王都にも多少の兵は残しているはず。それに陸軍の主流派の動きが気になる。やつらにやる気がなければあるいは少数の兵で強襲すれば案外、正面突破もできるかもしれない」

「我々にはその少数の兵もありませんが」

「それはどうかな。義勇兵が各地から集まってくれている」

「兵はひとかたまりにしなければ意味はありません」

「今、ひとかたまりにしてくれる人物が裏で動いてくれている」

「そのような人物が？　信頼の置ける方なのですか？　能力は？」

「どちらもAランクだよ。〝君も〟よく知っている人物だ」

「私も？」

クロエは首をひねるが、答えは教えない。教えなくてもそのうちに分かるはずだからだ。

俺は戦略的な話を続ける。

「王都の連中はジグラッドの手紙次第だな。あれで姫様親派の良識派は味方してくれるだろうが、それを見て主流派はどう動くかだ。案外、マキシスに人望があったら手こずるかもしれん」

「それはないので大丈夫ですよ」

きっぱりと言う。

「マキシス殿下は、弟君のケーリッヒ殿下と同じです。ケーリッヒ殿下は低能で残酷でしたが、マキシス殿下は無能で冷酷でしょうか」

「言うね」

「使用人を殺したりはしないですが、彼らの背中には鞭傷が絶えません。私生児を孕まされて放り出されたものも何人もいますが」

「女の敵だな」

「人道上の敵です」

「だな。そのような男が王位を継げば国は乱れよう」

「その通りです。それは現国王も感じております」

とクロエは懐から書状を出す。それは現国王ウォレス陛下も望んでいないようで、と続ける。

「それは？」

「今朝方届きました。陛下内密の勅令です。〝この〟いくさに勝ったものが次期国王を指名せよ、という内容です」

「もっとも強きものが継げ、ということか。ウォレス陛下は文弱と聞いたが」

「それは昔から身体が強くないからです。いくさ場に立つようなお方ではないですが、心は常に戦場にあった御方です」

「なるほどな。戦場の勇者ではないが、知恵は回るようだ」

このいくさ、内乱である。一刻も早く終息させなければ国が崩壊するだろう。内乱が長引けば国境を接する帝国軍が攻め寄せてくるからだ。

心情的にはシスレイア勝利を応援していると思われるが、〝万が一〟負けた際のことも考えているのだろう。だからシスレイアを直接名指しで指名せず、このような遺言を残したのだ。

俺は国王の非凡な政治的な配慮にある意味感謝すると、勝者となるため、王都へ急いだ。

斥候の報告によればマキシスは数日中にシビ山に布陣するとのことだった。

そこから総攻撃が始まるはずだが、時間的な余裕はそれほどない。

一秒でも時間が惜しい俺は、馬を乗り捨てる覚悟で飛ばす。

王都に到着すると、レインハルトの正確な居場所、王都の政治情勢を貪欲かつ迅速に収集した。

天秤師団の斥候、間者、エルニア陸軍の諜報部と接触した俺は、丸一日掛け、

「正面から強行突破が可能」

と結論づけた。

義勇兵を集合させ、軍事府の管理下にある貴賓館を襲撃し、迅速にレインハルトを奪還、撤収する、という作戦を実行することにした。

クロエは最初こそそのような強攻策に反対したが、貴賓館の陣容や政治情勢などを説明すると考えを変えてくれた。

今ならば王都で騒乱を起こしても正規軍は動かないという見立てに賛同してくれたのだ。

同意をしてくれたクロエに、さっそく一仕事頼む。

王都郊外にいる義勇軍のまとめ役と接触してほしいと願ったのだ。

ふたつ返事で同意してくれるが、そのまとめ役の名を聞いて彼女は呆れる。

「……レオン様は意地が悪い」

とのことだったのだが、事実なので反論しない。

義勇軍のまとめ役は彼女の兄のボークスだった。

実は事前に彼に協力を願い出ていたのだ。

ボークスはふたつ返事で引き受けてくれていた。

「愛する妹のためだ」

そんな言葉を貰っていた。

「放浪癖が出たので王都から姿をくらましていたと思っていたのですが、レオン様の密命を帯びていたのですね」

「そうだ。この国と姫様の命運が懸かっていると話したらすぐ了承してくれたよ。そのふたつと君はもはや運命共同体だしな」

「レオン様もその中に入っています」

「ボークスもな。他にも無数の有志が居る。義勇軍のまとめ役はボークスだが、以前、炭鉱街で反乱部隊を率いていたオルガスも参戦してくれた」

「皆さん、義理堅いです」

「ああ、ドオル族も動いてくれるらしい」

「まあ、あのような意固地な部族をどうやって？」

「君を嫁にやると言った」

「………」

ドオル族の族長ルルルッカはクロエに求婚しているのである。

「冗談だよ。ルルも恩義は忘れないんだってさ。まあ、皆、この国を良い方向に向かせたいと思っているのさ」

「ですね。その気持ちに報いたいです」

クロエは宣言すると、王都郊外に向かうことを了承する。

その際、彼女に書簡を手渡す。書簡はボークス以外に見せるな、見たら即座に実行しろ、と付け加える。

クロエは好奇心の塊であるが、絶対に書簡は覗き込まないだろうという自信があったので、それ以上はなにも言わず、彼女の背を押す。

俺は王都で政治工作する、と伝え、クロエに背を見せるが、彼女がいなくなったと同時に溜め息を漏らす。

「はあ、知り合いを騙すのは心苦しいな。まったく、軍師など性に合わない」

一刻も早く、司書に戻りたくなったが、そのように出来るわけでもなかったので、二度目の溜め息を漏らすと、「貴賓館」へ向かった。

†

クロエは慣れぬ馬を飛ばし、ひとり郊外へ向かう。

書簡は覗き見ない。

レオンがボークス以外に見せるなと言ったものだ。それにはなにか意図があるのだろう。レオン・フォン・アルマーシュは意味のないことはしない男だった。

クロエがしなければならないのは、一刻も早くこの書簡を兄ボークスに届けることであった。

休憩も挟まずに馬を飛ばすと、王都郊外に潜伏している義勇軍に接触する。

彼らはシスレイアの義心、それとジグラッドの忠節の手紙によって立った有志である。

この国のありように疑問を感じ、王太子マキシスを唾棄しているという点が共通していた。

レインハルトを王位に就け、この国を改革したいものたちの集まりである。

皆、軍人か武術に心得があるものなので、兵としても有能であった。

その数、三〇〇〇はくだらない。

これほどの勇者が三〇〇〇もいればレインハルト奪還作戦は容易だろうと思った。

クロエはさっそく、兄ボークスに書状を渡す。

ボークスは丁重に、だが、迅速に書簡を読み終えると、即座にレオンの考えを実行した。

兵士たちを集めると、彼らを〝シビの山〟へ移動させ始めた。

その姿を見て仰天するクロエ、

「に、兄さん、なにを!? 我々は王都に向かってレインハルト殿下を救出せねば」

「それは無理だ。この指令書にはそのようなことは書かれていない。軍師レオン殿は、迅速かつ速やかにシビ山に向かえと言っている」

「そ、そんな馬鹿な!?」

指令書をふんだくる。

たしかにそこにはそのような命令が書かれていた。

「我々はこのままシビの山に向かう。道中、義勇兵を糾合しながらな」

冷静な兄の言葉を苦々しく思ったが、クロエはそのまま反転し、自分を騙したレオンの頬を叩こうと思ったが、それは出来ない。兄がガシリと手首を摑んだのだ。

「司書レオンは怠け者の給料泥棒だが、軍師レオン・フォン・アルマーシュは当代の鬼才だ。その考えには必ず意味がある。おまえは一時の激情で彼が描いた勝利の方程式を乱すのか?」

「…………」

そのようなこと分かっていた。分かっていたが、クロエはその方程式を完成させるためならば、「自分」の命も犠牲にするレオンの酷薄なところが嫌いだった。

だからそのような方程式など乱してやりたかったが、じっと唇を噛みしめると、兄の言葉に従った。

ただ、王都のほうをじっと見つめると、大声で叫ぶ。

「レオン・フォン・アルマーシュ！　この大嘘つき！　せめて死んで戻ってくるとおおぼらを吹きなさい！」

その言葉はレオンの耳には届かなかったが、ボークスの心には響いた。

妹はレオンという人物を信頼し、愛しているのだと悟った。

男女のそれではないが、愛は立場を超えて成立するものなのだ。

ボークスは妹に愛するものが増えたことを喜ばしく思った。

†

へくしょん、とくしゃみをする。

「――誰かが噂をしているな」

きっと悪口を言っているはずだが、悪口など言われ慣れているので気にせず貴賓館へ向かう。

レインハルトは天秤師団の生命線であり、マキシスの弱点でもあった。

厳重に警備をされている。

貴賓館へ続く道はすべて閉鎖されており、曲がり角ごとに数十人の兵が配置されていた。

そのような中、強行突破をするのは愚策であったが、俺はそれをする。

愚策ではあるが、それしか方法はないのだ。

抜け道を探したり、情勢が変わるのを待つ時間はなかった。

どのような方法でもレインハルトと会うのが最善手だと思った俺は、全身に武装を施し、正面突破をする。

臨時の詰め所を造り、そこでポーカーに興じる兵士たち。それは半分だけで残りの半分はちゃんと働いていた。

ひとり、堂々と歩いてくる俺に誰何(すいか)する。

「なにものである！　ここはレインハルト殿下が滞在する貴賓館への道。何人も通すなという命令が下っている」

そう叫ぶ兵士。

俺は彼らになんの回答もすることなく、魔術師のローブの内側から水晶玉をひとつ落とす。

コロン、と乾いた音が木霊する。

それが兵士たちの耳に届いた瞬間、俺は水晶玉を蹴り出す。水晶玉は見張りたちの足下に転がると爆発音を響かせた。

その爆発によって見張りの何人かが吹き飛ぶと、なにが起きたか分からない残りの兵士に向かって飛び込み《衝撃》の魔法を使って吹き飛ばす。

住宅や壁にめり込む兵士たち。

その光景を見てやっと敵の存在を把握した見張りたちが、臨戦態勢となる。

詰め所に居た兵士たちはカードを投げ飛ばす。

中にフォーカードの役を作り上げていたものがいたのは哀れではあるが、補塡はしてやらない。

マキシスに与した時点で彼らの運命は定まったのだ。

俺は一切の慈悲を与えず、彼らをなぎ倒していく。

その報告は瞬く間に護衛たちの間を駆け回り、他の区画の兵たちも応援に駆けつけ始めた。

彼らは最新式の銃を保有しており、雨あられのように弾丸を浴びせてくる。

最初は防御壁を作ったり、残像を作り出して避けたが、その数が一〇〇を超えるとそれも不可能になる。

何発かが身体のすぐ横を駆け抜け、何発かが身体にめり込む。

銃弾のひとつは腹を貫通し、そこから止めどなく血が流れ出るが、気にせずに見張りたちをなぎ倒していく。

道中、俺の腹を撃ち抜いたと思しき兵を見かけるが、気にも留めない。

復讐(ふくしゅう)を想定していた狙撃兵はあんぐりと俺を見つめていた。

意外に思っているようだが、俺に言わせれば復讐などどうでもいいことであった。

今の俺の目標はレインハルトと会うこと。

彼をその視界に収めることが俺にとって唯一無二の目標なのだ。狙撃兵などどうでもよかった。

後方から迫る兵たちを無視するかのように俺は前進を続けた。

百メートル進むのに、敵兵の血数百リットルと、自身の血、数リットルを消費する。

夥(おびただ)しい血痕が残されるが、その甲斐(かい)あってか、貴賓館が見えてくる。

ちょうど、そこには馬車が横付けされており、貴人の姿が見えた。

この期に及んで彼らがレインハルト一行以外の可能性を見出(みいだ)せなかった俺は魔法を詠唱する。衝撃の魔法で車輪を破壊しようとするが、それはすんでのところで避けられる。

勢いよく発車する馬車、俺は彼らに追いつくため、飛翔(ひしょう)の魔法を使うと馬車の屋根の上に跳び乗る。魔法で馬車の天井を破壊すると、にゅいっと顔を突き出す。すると短剣の一閃(いっせん)が襲いかかる。

見ればレインハルトの母親、セシリアが短剣を握りしめていた。

「ご挨拶ですな、第三夫人妃」

「息子を守るためならば鬼となります」

「それは見上げたものですが、もう一度、お考え直し頂けませんか？」

「無理よ。もう、マキシスには逆らえない。主流派はこぞって彼の味方をし、裏には邪教の影も見える」

「そこまで知っておいでか」

「無知な女だと思わないでちょうだい」

もう一度、短剣の一撃がくるが、魔力を込めてそれを握りしめると、短剣を粉砕する。

それを見てセシリアは顔を青ざめさせるが、交戦意志は衰えていない。

一方、レインハルトは落ち着いたもので、冷静に母親に語りかけていた。

「母上、もはやここまでです。姉上たちは主流派は味方にできませんでしたが、この国の良識派はことごとく味方にしたようです。今、ここで姉上たちの味方をすれば、マキシス兄上に対抗できましょう」

諭すようにいうレインハルト、どちらが子供かわからないような態度であったが、それでもセシリアは反対する。その態度を見てレインハルトはなにか違和感を覚えたようだ。母はここまで愚かな人ではなかった、そのように漏らす。

〝とある〟重要な情報を得ていた俺は、ふたりに向けささやく。

「君の母親がマキシスに味方するには理由が――、いや、シスレイアと敵対するのには理由があるのさ」

その台詞を聞いた瞬間、セシリアは身体をびくりとさせる。

顔色を変え、レインハルトには言わないで、そのような目をする。

ここで全てを露見させれば、少なくともレインハルトは味方してくれるのだろう。力ずくで彼を連れ去るという手法も取りえたが、俺はそのような手法は取らず、セシリアとふたりで話をさせてくれと願った。

レインハルトは同意し、馬車を止めさせる。

みずから馬車の外に出たのは、俺の傷を気遣ってくれてのことだろう。有り難いことだったので早めに済ませる。

傷口に手を添えながら、回復魔法を掛ける。

豪勢な背もたれに身を預けていると、セシリアは、

「……どこまで知っているの？」

と尋ねてきた。

俺は正直に、

「あなたが第一夫人と共謀して、第二夫人、つまりシスレイアの母親を謀殺したところまでは知っている」

「……ほぼすべてね」

「いや、動機は知らない。あなたとフィリアはとても仲が良かったと聞いたが」

「幼馴染だもの。幼き頃から一緒に遊び回ったわ。互いにお金がない家に生まれたから、どんぐりを拾って飢えをしのいだりもした。珍しくキャラメルが手に入れば、小さなキャラメルを互いの家族の分まで割って食べあったりした」

わたしたちの家は家族が多かったから、ほんと、爪の先よりも小さなキャラメルだったわ、と懐かしげに語るセシリア。

「小さかったけど、あれよりも甘い食べ物は王妃になってからも食べたことがない」

「仲睦まじいことで。それでどうしてそんな竹馬の友を暗殺したんだ？」

「……それは」

「言えないか？　レインハルトが不義の子だとバレたから殺したなどとは口が裂けても」

「!?」

なぜをそれをという顔をするセシリア。

俺は平然と答える。

「あなたとフィリアの関係を調べるほど暗殺の可能性を見出せなくてな。しかし、あなたが暗殺したということも明白になっていく。ならばどうして殺したか、殺さなければいけない理由があったか、推察をしていたらその可能性に至った」

「………………」

セシリアは証拠はないわ、などとは言わなかった。俺が魔術師であることを知っているのだ。魔術の世界にはＤＮＡと呼ばれる塩基配列を解析し、親子関係を鑑定したり、合成獣（キメラ）と呼ばれる合成獣を作り出す学問がある。それに精通している俺、さらに念入りに調べ上げるその性格も知悉（ちしつ）しているのだろう。もはや、言い逃れをする気はないようだ。

彼女は「よよよ……」と泣き崩れ、「出来心だったの」と真情を吐露した。

「わたしはフィリアと一緒に宮廷に召し上げられたの。彼女と同じように端女（はしため）になり、彼女と同じように王にみそめられた。でも、そのほとんどは彼女のおかげ。王はフィリアの美しさと優しさに惹（ひ）かれただけなの。わたしはそのおまけに過ぎないの」

「だから浮気をしたのか？」

「たった一度の迷い。一度だけ宮廷音楽家と夜を共にしてしまった。たった一度の過ちで懐妊してしまったの」

「そうか。そしてそれを知ってしまったフィリアを殺した」

「……当時、第一夫人はフィリアを憎んでいた。陛下の寵愛（ちょうあい）を独占する彼女を」

「それは皆が知っている。だからふたりで暗殺しても、フィリア暗殺の嫌疑は彼女にしか掛けられなかったんだな」

「第一夫人が刺客を用意、わたしがそれの手引きをする」

「完璧な策だな」

「──事実成功したわ」

「だな、見事、あなたはあなたの親友を殺したわけだ。しかし、成功とは言えないな」

「事実は露見してしまったものね」

「いや、違う。あなたが後悔しているからだ。この一〇年、仮面を被り続けながらも、懺悔していた」

「……違うわ」

「違わない。それを証拠にあなたはシスレイアを生かしている。暗殺現場にいたシスレイアを救ってさえいる。俺はシスレイアから聞いた。当時、わたくしも暗殺者に襲われたが、母の友人の部下の機転で助かった、と。なぜ、あなたはシスレイアを助けた？」

「それは……」

「シスレイアに罪がないからだ。彼女を殺す理由がないからだ。シスレイアは不貞のことを知らない。ならば親友の娘は、我が娘と同じ。そう思ってあなたはシスレイアを助けた」

当時、シスレイアとその母親は城下町で暮らしていた。

第一夫人の悋気から逃れるためであるが、そこを第一夫人に突かれ、殺された。

その手引きをセシリアがしたわけだが、彼女は娘の命までは取らず、以後、彼女を援助し続ける。

第一夫人はにっくき第二夫人の娘も殺したくて仕方なかっただろうが、そのようなことをすればすべてを白日のもとに晒すと脅したかもしれない。いや、脅したことだろう。

そうでなければ小娘であるシスレイアが今現在まで生きていることを説明できなかった。

セシリアは私欲のために親友を殺したが、その娘には援助を惜しまなかったのである。

それは贖罪、あるいは罪の意識から逃れるための方便であったかもしれないが、それでよかった。

レオンにとって大事なのはシスレイアが生きているということであった。

その援助を惜しまなかったセシリアを恨む気持ちは一切ない。

そのことを伝えると、セシリアの瞳に大粒の涙が溜まる。一粒、それが床に落ちると、涙は止めどなく流れ続けた。

「ここで泣くということも人の心がある証拠だ。俺はあんたを信頼する。我が子を思う気持ちに偽りがないことを。シスレイアを実の娘のように思っていることを。だからあんたも俺を信頼してくれ。俺はこの秘密を必ず守る。レインハルトのことも必ず守る。だから俺に協力してくれ。俺の姫様に世界を変える機会をくれ」

真剣な面持ちで尋ねる。

セシリアは涙で濡れた顔で俺を見つめると、わずかに頷く。

「……分かったわ。あなたを信じる。あなたが信じるシスレイアも信じる」

「あんたの息子も信じてくれ。あの子は英才だ。それに人を見る目もある。必ずいい王になるだろう」

「……ありがとう」

セシリアは絞り出すように感謝の念を告げると、レインハルトを呼んだ。

セシリアは彼を抱きしめると、

「――あなたにこの国の王になってほしいの。あなたに生きて欲しいから。〝娘〟にも生きていてほしいから」

と言った。

レインハルトは母の決意を胸越しに感じ取ると、大きくうなずく。

「分かりました。細く短い命をと思っていましたが、せめて太くして見せます。この国の民を善き方向に導く手伝いをさせていただきます」

その言葉を聞いたセシリアは再び涙を流しながら、最愛の息子を抱きしめた。

その麗しい光景をいつまでも見ていたかったが、後方が騒がしい。俺が馬車にいるのがバレたようだ。俺は馬車の駆者（ぎょしゃ）に出立するように命じた。駆者はどこまで？　と尋ねるが、無論、行き場所は定まっていた。

「シビ山の麓まで。そこに次期国王の玉座が用意してある」

俺がそう言い放つと、駆者は帽子を取り、にこりと微笑（ほほえ）みながら言った。

「次期国王陛下に栄光あれ」

と――。

†

レインハルトとその母親を乗せた馬車に揺られる俺。

セシリア第三夫人は針子の経験もあるから、縫い物が得意だ。俺は彼女に腹を縫ってもらう。

腹の傷は貫通していたが、重要な臓器は避けてくれたので命に別状はないだろう。

しかし、肩の傷は違う。

弾丸はまだ残っており、骨も傷つけていた。即座に弾を取り出さなければ命に関わるかもしれない。

俺は恐れ多くも王妃殿下に縫い物を頼むと、右肩の弾は未来の陛下に抜いてもらった。

レインハルトは恐る恐るであるが、ピンセット状のもので弾を取り出すと、吐息を漏らす。

「まさかこのような医者の真似(まね)をする日がくるとは」

「案外、医者も似合う」

「ですね。もしも来世があれば医者になりたい」

「そのときは多くの命を救ってくれ」

そう言い放つと右肩に治癒の魔法を掛ける。

「義手の方じゃなくてよかった。義手が潰されてしまったら戦闘力大幅ダウンだ」

格好つけるようにうそぶくが、レインハルトは俺の身体をいたわる。

「姉上は言っていました。うちの軍師様は無理をしすぎる。天命はまっとうできないでしょう、と」

「わかっているじゃないか。その辺の占い師よりも占いに向いているよ」

「ご自愛ください。あなたが死んだら姉が悲しむ」

「アイスの棒で墓でも作ってくれと伝えておいてくれ」

そのようにやりとりすると、馬車は止まる。駁者が前方の軍隊の存在を伝える。

「敵軍でしょうか？」

「いや、違う。味方のようだな」

天井の穴から顔だけ出して確認する。見れば前方の軍隊はボークス率いる義勇軍のようだ。クロエもいる。

早速、未来の国王を確保したことを伝えると、彼らは全員、喜んでくれた。

義勇軍の幹部たちを集めると、情報を聞き出す。

この数日、レインハルト奪還に精力を注いでいたから、戦局を把握できないでいた。

ボークスは包み隠すことなく、教えてくれる。

「我々はエルニア中の義勇兵を集めながらシビの山に向かっている。そのため少し進軍が遅れているが、天秤師団は健在だ」

「姫様がマキシスごときに後れを取るはずはないしな」

「ああ、すでに戦端は開かれていて、天秤師団は要害と化したシビの地形を巧みに利用し、一〇倍の敵をはね除けているらしい」

「頼もしい限りだ」

「大地師団も後背に迫っているらしいし、時間差で我々も側面攻撃が出来る。このまま戦局が進めば包囲殲滅できるだろう」

「このまま進めばな」

その声は小さく、抑揚もなかったので、義勇軍の幹部たちは特に気に留めなかったが、ボークスとクロエだけは気が付いているようだ。

戦況報告が終わり、散会すると、クロエは開口一番に尋ねてきた。

「レオン様は第二幕があると思っているのですね」

「ああ、マキシスだけならばここで終わりだろうが、その裏には終焉教団が控えている。なにかあると見るべきだろうな」

その意見は的を射ていたのでふたりは反論せず、真剣な面持ちになった。

「ま、どちらにしろ、我々は進軍するしかない。義勇兵のすべてを集める必要はないだろう。これから強行軍で移動するぞ」

ボークスは了承すると、その旨を全軍に伝えた。

†

大地師団と義勇軍がマキシスを包囲殲滅せんと行軍しているが、一方で天秤師団は善戦を重ねていた。

レオンが発案し、詳細を練ったシビ山の要塞化はものの見事に成功したのだ。

元々、天然の要害ともいえるシビ山、そこに用兵学を究めた軍師が効果的に柵や堀を設置したものだからその防御力は半端ない。一〇倍の兵も寄せ付けない堅固な要塞と化していた。

レオンの側（そば）で常に用兵を観察していたシスレイアも練達した指揮官へと成長していた。

守るべき箇所、兵を送る時間、最適の指揮ができるようになっており、兄マキシスを手玉に取っていた。

「あの淫売め！　どこでこのような手練手管を学んだ！　最近の淫売小屋は用兵も学べるのか!!」

王太子マキシスはじだんだを踏んで悔しがっているという。

幕僚に八つ当たりをし、何人かが負傷したとの報告もあった。

なかには衆目の中、階級章を引きちぎられ、その場で解任された幕僚もいるという。

そうなれば人心を失うのは必定。彼らは長年、戦場にあって帝国と渡り合ってきた武人なのだ。

そのように自尊心を傷つけられるような真似をされて、忠誠心を発揮するわけがなかった。

なかにはすでに戦場から離脱を始めた部隊もあるという報告があった。

マキシス軍は崩壊寸前であったが、シスレイアは冷静に戦線を見守った。

「……士気は衰えているとはいえ、兄が大軍を擁しているのは変わらない」

その言葉に戦場から戻ってきたヴィクトールはうなずく。

「そうだ。敵の司令部はごちゃついているようだが、それでも大軍の有利は変わらない。それに敵軍は力攻めが無力だと悟ったようだ」

「というと?」

これまた戦場から戻ってきたナイン・スナイプスは尋ねる。

「城攻めから兵糧攻めに切り替えるようだ」

「なるほどね」

「それはそれで有り難いですね。援軍が来ないのであればこちらが不利ですが、我々には心強い援軍がいるのですから」

「その通り。我々の基本方針は大地師団と義勇軍の到着待ち。彼らが後方ないし、側面から攻撃してくれた瞬間を見計らって、挟撃すればいいんだ」

「ですね。そのときも近いようです。先ほど斥候の報告で、ほぼ同時期に両兵団は現れるとの報告です」

斥候からの報告を伝えるが、シスレイアの言葉には覇気がない。懸念を抱えていることをふたりは見抜く。

「なんだ、お姫様、心配事があるのか？」

「はい。実はなのですが、南東からの攻撃がないことが気になって」

「南東ね、風水でも気にするのかな、王太子殿下は」

茶化すヴィクトールだが、シスレイアは真面目に答える。

「実は南東の守りは弱いのです。時間が足りなかったのでレオン様の案でも要塞化できなかったのです。もしもシビ要塞に弱点があるのならばここだとレオン様はおっしゃっていました」

「なるほどね。しかし、攻撃がないのならいいでは――」

ヴィクトールの言葉が途中で止まる。

斥候のひとりが血相を変えて作戦司令室に入ってきたのだ。

「シスレイア様大変です。南東に敵軍が現れ、場内に侵攻してきました！」

その言葉を聞いたナインは口笛を鳴らす。

「ひゅ〜、さすがはレオン中佐、未来が見えている」

「ならば対策もあるのだろう？」

「備えはあります。――ただ、それが普通の兵ならば、ですが」

どういうことだ？　ヴィクトールとナインはシスレイアの顔を見つめる。

「南東に現れたのは普通の兵ではないはず。――これもレオン様の予言ですが」

その言葉に斥候も同意する。

「そ、その通りです。南東に現れたのはモンスターの群れです！」

「な、なんだと!?　おいおい、エルニア陸軍はいつから魔物を使役するようになった」

帝国軍には魔物の部隊もある。しかし、エルニアにはない。理由は単純で、エルニアは聖教会の教えが浸透しているからだ。邪悪にして穢らわしい魔物の力を借りるなど、神の使徒として有り得ないのである。

それが諸王同盟に参加する諸国の共通の理念であり、法則であったのだが、マキシスはそれを守る気はないようだ。

「あの馬鹿殿、諸王同盟から離脱するつもりか!?　聖教会から破門されるぞ」

「王位を奪われるくらいなら破門されるほうがましって考え方なんだろうな」

「まったく、とんでもねえ野郎だ。本当に姫様と血が繋がっているのか？」

「半分だけです。それも兄上は母方の血が強いようですね」

シスレイアにしては皮肉に満ちているが、マキシスの母親はシスレイアの母親を殺したのだ。これくらいの皮肉は許されるべきであった。

「まあいい。おれはこれから迎撃に行ってくる」

ヴィクトールは部下の士官に声を掛けると、至急、破られた南東の門に向かった。

ナインもそれにならって現場に直行する。

シスレイアは破られた門に戦力を集中させつつ、他の門の防御を固める。一箇所ならばまだどうにでもなる。同時多方に門を破られなければ負けはしないのだ。

シスレイアはレオンがやってきてくれるまでこのシビ山を守り抜く所存であった。

シビの山が敵の邪悪な姦計で破られつつあったが、それと同時にレオン率いる義勇軍にも苦難が。

義勇軍にも魔物が襲い掛かってきたのだ。

ゴブリンを中心とする部隊が突撃をし、ガーゴイルと思しき部隊が空襲をしてくる。

ガーゴイルは爆弾を持っており、それを陣形の中心に投下された義勇軍は混乱に陥っていた。

その混乱に乗じてマキシスの軍隊が押し寄せたものだから、義勇軍は一時、五キロも後退せざるを得なかった。

俺は空からやってきたガーゴイルの第二陣を《竜巻》の魔法で迎撃するが、勢いづいたマキシスの軍勢をはね除けることは出来なかった。

「やられるかもしれないな」

義勇兵たちは次々と倒れていく。率直な感想であったが、彼らのリーダーはまだ戦闘意欲が旺盛だった。クロエの兄のボークスは、

「してやられつつあるだけだ。現在進行形だ。完了形にするのは勿体ない」

と、うそぶきながら、右手の仕込み刀で敵を切り裂いていく。

舞うように敵に突撃し、剣を振り上げ、振り下ろすたびに血風が舞う。

彼の妹のクロエも負けじと懐中時計を振り回し、敵軍をねじ伏せていく。

「技の兄に、力の妹だな」

彼らの活躍によって義勇兵の総崩れが防がれる。

なんとか一息つけた俺は、陣形を再編し、円陣を組んだ。

「円陣は防御重視の陣形だ。俺たちはしばらく持ちこたえればいい」

そのように宣言すると、半刻後、戦場に変化が。

マキシス軍の側面に見慣れた旗を差した騎馬の一団が襲いかかったのだ。

彼らは、

「大地師団」

姫様の盟友ジグラッド中将が作り上げた精鋭たちだった。

彼らの中核である芽吹きの騎士団は、騎馬を率いて突進をしてくれた。

「間に合うと思ってたよ、ジグラッド中将の薫陶が行き届いたものたちならば」

そのように評すと、脳裏にジグラッド中将の面影が浮かんだ。

かの御仁はすでに天国にいるはずだが、そこで見守っていてほしかった。遺（のこ）した最強の師団の行く末と、この国の未来を。

大地師団の参戦によって攻守が完全に逆転する。

そのまま大地師団とマキシスの尖兵を駆逐する。

魔物どもを葬り去る。

半日後、戦場に積まれる無数の死体。

俺たちは魔物を駆逐することに成功した。

歓喜の勝ち鬨をあげる部下たちにねぎらいの言葉を掛けると、姫様と呼応してマキシスの軍隊を挟撃することにする。当初の作戦通りであったが、ここで二幕目は降りる。

マキシスは、いや、彼を裏から操るエグゼパナが第三幕を用意していたのだ。

†

義勇軍と大地師団は合流するとそのままマキシスの軍を切り裂く。

後先考えない策であるが、戦場では拙速が巧遅に勝ることがある。

今がそのときであった。

その考えは完全に正しく、これ以上ないタイミングで姫様率いる天秤師団が攻撃に参加してくれる。

マキシス軍は五万の大軍であったが、あっという間に解けていった。

ボークスとクロエが先陣を切り、大地師団の精鋭芽吹きの騎士団が活路を開く。

そこにヴィクトール率いる部隊が突撃し、散った敵軍をナイン率いる魔術部隊が各個撃破していった。

理想的な連携である。

五万いたはずの大軍はあっという間に半数まで減る。

討ち死にしたものも多いが、それ以上に戦線を離脱したものが多い。

元々、士気が低い連中であったが、勝ちが覆った今、命懸けでマキシスを守ろうというものは皆無であった。

俺はボークスとクロエを伴って、一直線にマキシスのもとへ向かう。

やつさえ殺してしまえば、このいくさは終わりだ。

やつの死後もやつのために忠誠を尽くすものなど、皆無と思われた。

その考えは正しかったが、俺と同じことを考えているものもいた。

それはやつに味方する終焉教団の導師エグゼパナだ。

彼は俺たちの前に立ちはだかると、呪文を詠唱した。

暗黒魔法だ。

やつの身体は暗黒の闘気に包まれる。

俺はやつの出鼻を挫く(くじ)ため、特大の《火球》をぶつけたが、火の玉はやつの目前で四散した。どうやらやつの魔力は〝俺以上〟のようだ。

「面白くないな、こちとら魔術学院で死ぬほど鍛練を積んだのに」

「こっちは生き残るために魔術を学んだんだ。学校出の坊ちゃんには負けないさ」

「なるほど、エリート対雑草って構図か」

「物語だと後者が有利だが」

「だな、だがこれは現実だ」

そう叫ぶと俺は《光竜》を召喚し、光のレーザーで相手を焼き殺そうとした。やつはそれに対抗するため、《闇竜》の魔法を唱える。

このようにしてマキシスの軍師と、シスレイアの軍師の死闘が始まった。


同時刻——。

シスレイアもマキシスを討ち取る準備をしていた。

このいくさは兄を討てば終わるのだ。

シスレイアはいささかも逡巡せずに兄討伐部隊を編成し、その長を務めた。

そのメンバーの中にはヴィクトールもいる。

最初に部下になってくれた英雄、三〇人のゴブリンを斬り殺した鬼神だ。

彼を前線から引き抜くのは軍の損失であったが、それ以上のリターンがあれば問題なかった。

無論、ナイン辺りは、

「デカ物が抜けた分、俺がフォローしないといけないんすけど」

と不満を述べるが、その不満は戦後に聞くことにした。

討伐部隊の編成が終わると、シスレイアは出陣しようとするが、そこに王妃が現れる。

後方に待機していたはずのセシリアはいつの間にか護衛を伴って、前線にやってきていたのだ。

彼女はシスレイアとの面会を求める。

ヴィクトールは大剣の柄に力を込め、警戒するが、シスレイアは、

「義母と会うのに警戒するものがどこにおりましょう」

と言い放ち、彼女とふたりで面会した。

シスレイアはセシリアを一目見るなり、彼女に敵意がないことを悟った。

それどころか全面的な協力をすることも分かった。彼女の護衛の背中にはレインハルトが乗っていたからである。

息子のことをなによりも大切に思う母が、息子を最前線に連れてきたのだ。

それこそがセシリアの覚悟であり、レインハルトが王の器である証明だった。

シスレイアはそのことに感謝すると、至急、レインハルトを天秤師団の総指揮官に据え、自分の留守を任せる。

彼女たちは快くその役目を引き受けてくれたが、シスレイアが出立する前、セシリアは申し訳なさそうに話し掛けてきた。

彼女は数度、言い淀んだあげく、レインハルトの出生――、について語り出したが、シスレイアはそれを遮る。

「どんな秘密があろうとあの子はこの国の王であり、わたくしの弟です」

と言い切った。

最初、レオンから出生の秘密が伝わったのかと思ったが、セシリアは首を横に振る。あの男気ある軍師がそのような真似をしようはずもない。

ならばどうして――、そのように首をひねると、死んだ親友の顔が浮かぶ。

「もしかしてフィリアは秘密をあなたに……」

シスレイアはにこりと微笑む。

「あなたはすべてを知った上でわたしを義母と慕ってくれていたの？　レインハルトを実の弟のように可愛がってくれたの……？」

セシリアは絶句するが、シスレイアはなにも答えなかった。

ただ母の面影をセシリアと重ねるだけだった。

セシリアは「ごめんなさい」と涙を流しながら、シスレイアを抱きしめる。

大切な親友の娘に心の底から深く謝ると、以後、どのようなことがあってもあなたに従い、あなたの心意気に報いる、と誓った。

そのような誓いは不要です、とシスレイアは返すと、そのまま戦場に向かう。

シスレイアは兄マキシスを殺すために、戦場に向かう。

道中、ヴィクトールが話し掛けてくる。

「セシリア第三夫人が震えていたが、なにかあったのか？」

「勇敢に指揮を執るレインハルトの才覚に感動したのでしょう」

「ほお、まあたしかに初めての戦場とは思えない態度だったが」

シスレイアから指揮権を受け継いだレインハルトは、自分の役目を弁えていた。軍事的知識がないことを承知していたので、士気を上げることだけに努めたのだ。

どっしりと構え、作戦司令室にいるだけで、軍団の士気は上がった。

それ以外はシスレイアとレオンの残した作戦に従うだけだった。

そのようにレインハルトの才覚を褒め合うと、シスレイアは話を切り替えた。

「このまま西に向かってマキシスを討ちますが、兄の首を刎ねる役目、お願いできますか？」

「おれ以外の誰がやるっていうんだ。そんな大任」

「ですね。これは鬼神ヴィクトールの出番です」

「問題なのは姫様に兄殺しの汚名を着せてしまうことだ。それが心苦しい」

「それはわたくしの役目。弟には任せられません。彼にはこのエルニアを担って頂くのですから、綺麗な手でいて貰わないと」

「立派な覚悟だ」

シスレイア姫の覚悟を見たヴィクトールはそこはかとなく感動すると、背中の大剣に手をやる。

マキシスの親衛隊が見えたからだ。

「黒の精鋭か、先日、一戦交えたが、たいした相手じゃなかった」

「彼らを倒せばそこにマキシスがいるはず」

シスレイアも腰から剣を抜くとそれを天高く掲げる。

「我らは天秤師団。この世に調和をもたらすもの！　奸賊、マキシスを討つ！」

その言葉に天秤師団の精鋭は雄叫びを上げながら応える。

シスレイアみずから編成した天秤師団の精鋭たちは、黒の精鋭たちをなぎ払い、マキシスの本陣に突入する。

一刻後、シスレイア率いる決死隊は、見事、エルニア国王太子のマキシス・フォン・エルニアを討ち取る。

師団最強の戦士ヴィクトール少佐がマキシスの首を刎ね飛ばしたのだ。

それによってシスレイアは兄殺しの汚名をかぶることになるが、彼女はそれから逃げなかった。

自分の罪を受け入れ、ともに生きていくことを誓ったのだ。

以後、シスレイアは兄の命日になると喪服を着た。

兄の子女を手厚く保護し、数世代にわたって飢えさせることはなかったという。

†

姫様が兄マキシスを討ち取ったという報告はすぐに入ってきたが、それを喜ぶ暇はなかった。

なぜならば俺は導師エグゼパナと戦っていたからである。

先ほどから間断なく続くエグゼパナの暗黒魔法、俺はそれをいなしたり、避けたりするだけで手一杯だった。

ボークスとクロエにも下がって貰っている。

エグゼパナとは一対一で勝負したかったから——、という王道的な理由ではなく、エグゼパナが連れてきたと思われる教団兵が思いの外強かったからだ。

俺はエグゼパナの道義心を髪の毛の先ほども評価していなかったから、やつの部下の押さえを頼まざるを得なかった。

ボークスとクロエは黙々と教団兵を抑えてくれた。

有り難いことである、と彼らに感謝の気持ちを送ると、すぐ横をエグゼパナの闇竜が駆け抜ける。

その後、地面に大穴がうがたれる。

「まったく、殺意しか感じない一撃だな。愛情とか、愛嬌とか、慈悲とかいう気持ちはないのか？」

「あったかもしれないが、幼き頃に盗まれた」

「ほう、盗難事件か。王国の護民官に届け出たらどうだ？」

「それは無理だな。私は帝国の亡命貴族だ」

「へえ」

「興味はないのか？」

「いや、食い付いたら思うつぼかと思ってな。だっておまえは俺の経歴を調べ尽くしているんだろう？」

「ああ、この国にやってきたときに住んでいたアパートの部屋番号から、学生時代に通っていたフィッシュアンドチップスの店まで、調べ尽くしている」

「だと思った。同じ亡命貴族だったとはな」

「ああ、おまえとまったく同じ境遇だよ。おまえは陽の道を歩み、俺は陰の道を歩いた」

「ダークサイドに堕ちた理由は？」

「美少年過ぎたことかな」

「なら俺も一緒じゃん」

エグゼパナは俺の出来の悪い冗談に反応しない。その代わり顔を隠していたフードを取る。

そこから現れたのは思いの外、若い男の姿だった。俺よりは一回りは年上であるが。

「たしかに美少年と言い張っていいかもな」

フードを取り去ったが、彼は攻撃の手を緩めない。

「その調子だと、おそらく、性的な異常者にでも摑まったか」

「正解だ。その男は根っからのド変態でな。白皙の美少年が好みだった。私は――いや、俺はその男に売られ、慰みものにされた」

「それで性格が歪んじまったのか」

「いや、そのせいではない。おそらく、俺は生まれたときから歪んでいたんだろう。母を殺して生まれてきたものは鬼子になるという。俺もその口だ」

「なるほどね。そういうところまでそっくりだ。俺も幼き頃に母を亡くした」

「写し鏡のような人生だな。おまえも辛い目に遭ったんじゃないか?」

「まあね、でも、おまえのように歪まなかった。稚児趣味の小児性愛者とは出くわさなかったが、隣人は姉を狙うロリコンだったし、悪魔のような大人を何人も見てきたよ。そのつど、倍返しで痛い目を見せてやったが」

「だろうな。おまえは光のもの、俺は闇のものだ」

エグゼパナはにやりと微笑む。

「おまえは倍返しで済ませるが、俺はそうではなかった。成人してから俺を陵辱した魔術師を捕まえたよ。口を縫い針で縫い付け、耳を削いで、半年に一度、指を切り落とすのを楽しみにしている。やつの誕生日にな。今も死なないように大切に扱っている。光届かぬ牢獄で苦しみ抜いて貰っているよ」

「同情には値しないが、ちとやり過ぎだな」

「意見の相違だな。だからおまえとは手を組めなかったのかも」

「ねつ造するな。俺がはね除けたんだよ」

俺は暗い話を終わらせるため、右手に思い切り魔力を込め、放射状に解き放つ。

フレアを拡散仕様にアレンジしたものだが、エグゼパナはそれを平然と右手で受け止める。

火傷の痕はあったが、ダメージを受けている様子はない。

「渾身の一撃だったんだけどな。――もしかしておまえ、ドーピングしている？」

「まさか、教団の末端はともかく、導師級は薬物は使用しないよ」

「ならなんでそんなに強いんだよ。俺は戦略級魔術師だぜ？」

「ならば俺はその戦略級を上回るのだろう」

平然と言い放つが、俺はとある確信を持っていた。

「――マキシスの弟、ケーリッヒは終焉教団の神器を使って悪魔化した。それを与えたのはあんただろう？」

「否定はしない」

「そしてあんたもその神器を持っている」

「だろうな」

「そして俺に勝つため、俺を殺すため、それを使った」

「おまえを殺せば教団内で確固とした地位を築ける」

「俺の質問はすべてYESでいいんだな？」

「解釈は任せるよ」

そう言い放つと、エグゼパナは腕の筋肉を隆起させる。

「終焉教団には八柱の守護神がいる。終焉をもたらす神を守るためのものたち」

「そのひとつがケーリッヒに憑依した悪魔か」

「ああ、俺はそのうち二柱を持っていた。古代遺跡から発掘した神器にそれを封じている」

「うち一個を使ったってわけか」

「そういうことだ」

そう言うとエグゼパナの顔は醜く変貌する。毒物のような緑、狼のような犬歯、蝙蝠の羽のような耳まで。

また身体も三倍以上に大きくなる。ケーリッヒと同じだ。

エグゼパナは悪魔に変身を終えると、強烈な一撃を放ってきた。

かろうじてそれを避けるが、俺の後方に大爆音とキノコ雲が出来上がる。

「――身体能力だけじゃなく、魔力も強化されるのかよ」

今の一撃で数百人は死んだだろうか。

この悪魔は〝戦略級〟どころか、〝政治級〟だな。

各国の首脳が集まって協議しなければいけない存在であった。

まったく、こんな化け物と戦わなければいけないと思うと、吐息が漏れ出る。

「俺は司書として平穏に生きたかっただけなんだが」

「あの世とやらにも図書館があるといいな」

「もしもあったら即座に行ってもいいが、あやふやなままだと行きたくないな。本がない世界なんて地獄そのものだ」

「安心しろ、おまえは地獄行きだ」

「悪魔のお墨付き、ありがとう」

皮肉を返すと、禁呪魔法を詠唱しながら、同時に強化魔法の出力も高める。

銃弾を受けた箇所が非常に痛むし、強化をし過ぎると、確実に寿命を縮めるが、どのみち今を生き延びなければ意味はない。

明日のことなど考えずに魔法を大盤振る舞いするが、俺の一撃が通ることはなかった。

「くそ、化け物かよ、ケーリッヒはもっと弱かったぞ」

「あのものに与えたのは八柱でも最弱のもの。俺は八柱の中でも最強と名高い〝神秘の幽帝〟アケローンを宿している」

「ご大層な名前だな」

「その異名に恥じない力だよ」

そう言うと打撃を放ってくるが、その一撃は山が動いたかのような威力であった。

とっさに防御魔法を放ったが、一瞬でも遅れていれば死んでいただろう。

それを証拠に防御壁越しでも俺のあばらを数本持って行かれた。

「――くそ、痛いじゃないか」

激痛に悶えながらも二撃目、三撃目は避ける。いなすことさえも危険だと思ったのだ。

エグゼパナは虫けらを弄ぶかのようにその力を誇示してくる。

やつは俺のことなどいつでも殺せるのだ。

まったく、厭な野郎であるが、この際、その残虐的な性格は有り難かった。逆転の方法を模索する時間を得られるからだ。

俺は左手に視線を移す。

そこにはドワーフの技師に作ってもらった義手があった。

その義手には大砲が仕込んであり、俺の切り札でもあった。

事実、その大砲によって悪魔化したケーリッヒを殺し、機械仕掛けの大鮫も破壊することに成功した。強力な砲撃の一撃はエグゼパナにも有効だと思われたが――。

「でもやつには効かないだろうな」

結論を口にする。

やつは俺のことを調べ尽くしている。左腕が切り札であることなど承知だろう。この実力差、やつの用心深さを考えると、とても砲撃を放てるとは思えなかった。

俺は即座に砲撃は諦める。

使えないものは即座に無視する。現実主義者の俺らしい考え方であるが、だからといって代替案があるわけでもないのだが。

そのように迷いながらやつの攻撃を避けていると、戦場に変化が。

教団兵が崩れ始めたのだ。

やつらのボスは壮健で、俺を圧倒しているのに、なにを浮き足立っているのか、そう思ったが、やってきたのは見慣れた顔だった。

バナの森の盟友、ドオル族がやってきてくれたのだ。

ドオル族の族長代理であるルルッカは蛮刀を片手に教団兵を駆逐する。

さすがは天下の傭兵（ようへい）部族という活躍ぶりであったが、礼を言うよりも先に届け物の存在を口にする。

「婿殿、道中プレゼントを拾ったので届けに来たぞ」

プレゼントとは姫様とその部下たちだった。

マキシスを倒し終えた姫様が援護にやってきてくれたのだ。

有り難いことであるが、俺は姫様の参戦は望んでいない。

あの〝化け物〟には通用しないと思ったのだ。

それは姫様も理解していたらしく、姫様は戦闘に加わることはなかった。代わりにやってきたのは〝相棒〟ともいえる戦士だった。

「旦那、悪魔には鬼で対抗するものだよ」

不敵に言い放つのは鬼神ヴィクトール。彼は勇敢に大剣を振り上げるとエグゼパナに斬り掛かった。

悪魔の身体はわずかに傷付く。

「有り難い差し入れだ」

「なんの。マキシスは討ち取った。レインハルト殿下もこちらに付いてくれた。もはや、おれたちの勝ちは確定なんだ。旦那には生き残ってもらわないと」

「ああ、こんなところで死んで堪(たま)るか」

元気と負けん気が復活したのは明らかに姫様のお陰であった。彼女の凜(りん)とした声を聞くと、不思議と力が湧くのだ。

あるいは彼女はもはや天秤の軍師を超えた存在なのかもしれない。そのカリスマ性と指揮能力があれば俺などいなくてもこの先、なんとかなるかもしれない。

そう思った俺は前言をひるがえす。

「ヴィクトール、俺はエグゼパナを殺す。この場で相打ちまで持っていく」

「おいおい、なんだ、いきなり。おれたちは勝つんだぞ」

「その勝ちを確定したい。エグゼパナを殺さなければ戦場では負ける。そうなれば軍の主流派を抑えられない」

「それはそうだが……」

「言い争っている暇はない。いいか、今から合図したら、おまえは力一杯に大剣を投げつけろ。やつの頭に向かってだ」

「……………」

なぜそのようなことを、などとは言わない。黙って頷くヴィクトール。

エグゼパナを殺すには俺に従うしかないと分かっているのだろう。俺が言った道理も弁えているようだ。

話の分かる部下を持ったもんだ、改めて自分の人を見る目を褒めると、そのまま行動に移った。

俺はエグゼパナに突進する。

最後の魔力を振り絞って身体を強化すると、《炎嵐》の魔法を掛ける。

「炎など効かぬわ！」

右腕をぶおんと振り回し、炎を消すエグゼパナ、しかし俺が狙っていたのはそれだ。炎でダメージを与えようなどとは夢にも思っていない。俺は炎によって相手の目を暗ますことだけしか考えていなかった。

俺はヴィクトールに合図しつつ、相手の懐に潜り込むと、ゼロ距離射程の位置に陣取る。

エグゼパナの腹に大砲の照準を合わせると、そのまま放とうとするが、エグゼパナはその行動を完全に読んでいた。

「ふははは、馬鹿め、おまえの虎の子などお見通しよ」

その言葉通りやつは俺のゼロ距離射程砲撃をかわす。

大砲の一撃を避ける。

やつは得意げに微笑むが、それこそが俺の狙いだった。

大砲の一撃を避けられることなど、先刻承知だ。

俺が狙っていたのはやつの頭部だった。

大砲の一撃、それを外した俺は、大砲発射の衝撃を利用してくるりと回る。

回転をしながら空中にあるヴィクトールの大剣を手に取ると、それをそのままエグゼパナの頭部にぶち込む。

当然、俺の中に残っている魔力をすべて込める。

大剣に注ぎ込まれた大量の魔力は、大剣がやつの頭部にめり込むと同時に爆発する。

身体強化、治癒に回していた魔力もすべて注ぎ込む。

この一撃を放ったあとはもう立っていることさえできないだろうが、そのようなことは関係ない。

この一撃、この瞬間にすべてを懸けていたのだから。

俺の賭けは、一世一代の大勝負は——、

ただしく報われた。

導師エグゼパナの頭部は馬車に轢かれたヒキガエルのように醜くはじけ飛ぶ。

頭部を四散させる。

悪魔といえども頭部を破壊されて無事で済むわけがない。

やつの身体は黒い鮮血を放ちながら崩折れる。

そう、導師エグゼパナは死んだのだ。

俺の宿敵であり、姫様の仇敵である背教のものはこうして死を迎えた。

それと同時に教団兵は撤収を始め、マキシスの私兵たちも降伏した。

こうして俺たちはのちに王位継承戦争と呼ばれる内乱に勝ち残った。

戦場には歓喜の勝ちどきが木霊するが、俺はそれをどこか遠くの世界のように聞いた。

傷口を塞ぐために使っていた魔力も攻撃に回してしまったからである。

遠くなる意識の中、姫様の声だけが明瞭に聞こえる。

「レオン様、レオン様」

と俺を呼ぶ声だけが脳内に響き渡る。

彼女の悲しげな瞳を見ていると、まだまだ死ぬのは早いと思った。

彼女の笑顔のため、なるべく健康で健やかに生きよう、そう思ったが、それを実行できるかは定かではない。俺は完全に意識を絶った。

エピローグ

†

目覚めるとそこには白い世界が広がっていた。

天国というやつは真っ白な雲で作られているらしいから、ここは天国なのでは？　と期待してしまったが、俺が天国になど行けるわけがない。

そのように考え直すと、冷静に周囲を観察する。

するとそこは病院であると判明する。

白いシーツに、白いマットレス、それに白い制服。

消毒液の匂いや辛気くさい患者の表情、それらがヒントとなった。

「まあ、あれだけの大怪我をしていたのだから当然か」

ここはエルニア陸軍の所有する軍病院のようだ。

ヒップラインの美しい看護婦からその情報を聞き出すと、彼女は面会したいものがいる旨を伝えてくる。無論、許可する。

面会者はどうせ俺が会いたい人物だった。

数分後、丁重にノックするその人物。彼女はにこりと笑みを浮かべる。

手には大きな見舞いの花束がある。

花など食えない、と言いたいところだが、腹に銃弾を受けたため、ケーキも食えない。

ならば匂いを感じられる花のほうが幾分かましというもの。

有り難く受け取る。

面会者、シスレイア姫は嬉しそうに花を花瓶に活ける。

その優しげな姿は武人というよりも看護婦に近かったが、そのような感想は口にせず、俺が眠っていた間に起きたことを尋ねる。

彼女はこくりとうなずくと、要点を話す。

「兄マキシスが死んだことにより、軍の主流派はこちらに寝返りました。無論、こちらも全面的に信頼はしていませんが、弟レインハルトの即位には反対しない模様です」

「それでいい。即位さえしてしまえばこっちのものだ。元々、自分たちの頭で考えて行動するような連中ではない。強きものに従う性質の連中だ。つまり俺たちが勝ち続け、勝者である限り、裏切ることはないだろう」

「それが難しいのですが、泣き言は言っていられませんね」

にこりと微笑む姫様。彼女が持ってきた白百合よりも美しい笑顔だった。

しばし見とれていると、戦後処理について話し合った。

「戦死者のリストはあとで見せて貰おう。いつか折を見て遺族たちを弔問したい」

「わたくしも同行します」

「しかし、それもすべてが落ち着いてからだな。——ところでジグラッド中将には遺族はいるのか？」

「——奥様はみずから命を絶たれました。お子さんはいません。ただ、甥御さんはいるようで、彼も軍籍に入っています」

「ジグラッド中将の甥御さんならば人格者に違いない。是非我が師団に」

「そうですね、人事と掛け合います」

「それと生きているものには報賞を。ヴィクトールとナインは中佐に」

「それも了承ですわ、あの活躍です」

姫様は即答するが、昇進はレインハルトの王位就任を待ってからにすると言う。

理由を尋ねると、彼女の聡明さが伝わる。

「ヴィクトール少佐にスナイプス少佐は得がたい人材です。近い将来、エルニアの至宝ともいえる将官になりましょう。つまり、レインハルトの有能な家臣となります。今のうちに箔を付けてあげたいです」

「たしかに王みずから叙任すればやつらの格も上がるというもの」

「箔が付くのは弟のほうかも」

冗談めかしながらそう漏らす姫様。その後、二三、気になることを尋ねると、彼女は即答してくれる。軍や政治に関する情報は貪欲に集めているようだ。

もはやそこに頼りなかったお姫様の面影は一切ない。

そんな彼女の姿を見ていると、ふと冗談を口にしてしまう。

「姫様にはもう俺はいらないいな。〝影の宮廷魔術師〟がいなくても十分にやっていける」

その言葉を聞いたシスレイアは顔色を青くさせる。

彼女は肩を震わせながら俺に抱きついてくる。

「レオン様、冗談でもそのようなこと、言わないでくださいまし」

思わぬ行動に固まってしまう俺。

俺が意識してしまったためだろうか、シスレイアも顔を真っ赤に染め上げる。

軍病院の病室、隣のベッドの老兵は気を利かせてくれたのか、眠ったふりをしてくれている。

これはもしかして接吻をしろ、と神が言ってくれているのかもしれないが、生来の臆病者である
俺にそんなことはできない。

一国の姫を抱きしめ、接吻をするなど畏れ多い。

いや、それは言い訳か。

彼女が一国の姫だから手を出せないのではない。

彼女に手を出せないのは彼女が清らかすぎるからだ。

聡明すぎるから。

美しすぎるから。

自分のような小賢(こざか)しい男とは釣り合いが取れないと思っているから、手を出せないのだ。

そのように勝手に自己診断すると俺は彼女の肩を抱いた。

そのまま彼女の唇を奪ってしまうことも出来たが、そんな真似(まね)はしない。

俺は彼女の肩を離すと、冷静に病室の外にいる〝メイド〟に話し掛けた。

「デバガメのような真似をしても無駄だぞ。俺の理性は大陸一だ」

病室の外に控えていたメイドは、大きく、「っち」と舌打ちすると、和やかに言った。

「レオン様は世界最強の宮廷魔術師ですが、世界最強のチキンでございますね」

と。

その通りなので反論は一切せずに、顔を真っ赤にしているおひいさまの介護を頼んだ。

クロエはその命令を受領すると、シスレイアにつぶやく。

「レオン様がチキンなのは今に始まったことではありません。しかし、そう遠くない将来、レオン様も改心なされるでしょう。おひいさまと同じように成長されると思います」

クロエはそのようにシスレイアをそそのかすと、ベッドの上から引かせた。

ちなみにその予言は見事、当たることになる。

こと恋愛においてはクロエは〝影の恋愛相談師〟といっても差し支えがないのかもしれない。

†

継承戦争から一ヶ月後、レインハルトの即位式が行われることになる。

マキシスを倒した足で聖教会に向かって国王就任式を済ませてしまってもよかったのだが、マキシスを倒した今、取り立てて急ぐ必要はないという結論になり、準備に時間を掛けることにした。

聖教会の大聖堂を改修し、エルニア国内、周辺国の重鎮を呼び寄せる。

天秤(てんびん)師団は就任式の警備責任を任された。

ヴィクトールは王都周辺を、ナインは王都内部の警備を担当し、日々、忙しく動き回っている。

「昇進が決まっていても超過勤務手当を貰わなければ割に合わない」

そうだが、たしかにその通りなので給与面では一考することにした。

メイドのクロエは、

「気前が良いですね」

と言うが、

「俺の懐が痛むわけじゃないからな」

と返すと呆(あき)れた。

「元々、給料泥棒は理解があるのですね」

くすくすと笑うと、クロエは俺とシスレイアを街にいざなう。

「もうじき、国王就任式です。新しい礼服を買いましょう」

「軍人にとっての礼服は軍服だが？」

「就任式はそれでよろしいですが、その後の夜会はそうはいきません。礼服を購入して頂きます」

俺は「壁際の花」になる予定なんだが、と抗弁するが、彼女は、

「花になるにも美しく着飾らなければ。それにおひいさまもドレスを新調するのです。一緒にお選びください」

と強引に連れて行かれた。

仕立屋「真実の愛亭」に行くと、そこでおかまのオーナー・サムスに着せ替え人形にされる。

「あらあ、これもいいわあ」

「お目が高い」

「これもいいわね。レオンちゃんはおしりがきゅっとしてるから、スマートなのが似合うわ」

「ですねですね」

サムスとクロエはきゃぴきゃぴと俺の礼服を選ぶが、俺は適当なのを指定すると、それ以上の議論を封じた。

シスレイアのドレスを見ているほうがまだ楽しかったので、女物のサンプルが置いてある二階に行く。

そこにはシスレイアがおり、書類に目を通していた。

相変わらずの仕事好き（ワーカーホリック）具合である。

俺は懐かしげに店内を見回す。

ここは俺が姫様を初めてプロデュースするために使った店。

新進気鋭の姫将軍としてマスコミに売り込むため、ここでドレスを仕立てたのだ。

あのときはおかまのサムスが見事なドレスを仕立ててくれた。

そのように過去を回想していると、シスレイアが書類を読み終える。

次いで俺の顔を見て、にこりと微笑む。

「ごめんなさい。急ぎの決裁でしたので」

「初めて出会ったときとなんら変わらないな。勤勉で清廉だ」

「ありがとうございます。しかし、わたくしも一歳歳（とし）を取りました。大人になったんですよ。ドレスを新調するのに良い機会です」

「君ならば毎日しても良いくらいだよ」

間接的にその美しさを褒め称（たた）える。

「しかし、成長したのは胸回りだけじゃない。君は精神的にも成長した」

「そうなのですか？　自覚はありませんが」

「能力に表れているよ。先日のいくさでの指揮ぶり、もはや名将の域だ」

「それは買いかぶりすぎです。それに仮にもしもそうだとしてもそれはレオン様がいるからです」

「俺の指図だけでなく、自己判断も素晴らしかったぞ」

彼女はゆっくりと首を横に振る。

「それは後ろにレオン様がいてくださるから。わたくしが失敗しても必ずレオン様が挽回してくださると信じているから、わたくしは大胆に振る舞えたのです」

「…………」

「それにこの一年間、わたくしはレオン様の采配を間近で観察させてもらいました。世界最強の軍師にして、世界最高の宮廷魔術師様が先生だったのです。これくらい出来て当然かと」

「褒めてもなにもでないぞ」

「それは残念です」

少しはにかむシスレイア。

「ではせめてドレスを選んで頂けませんか？　夜会では各国の重鎮がこられますが、それよりもレオン様の目を楽しませることが出来るドレスを着とうございます」

「まじか」

「まじでございます」

さっと俺の腕を取るシスレイア。

まるで恋人のようである、などと思ってしまえば赤面は必定だったので、なんとか平静さを保つ。

（……うーん、たしかに胸が成長しているな）

ドレスを新調しなければいけないのはたしかなようだ。

それからしばし、ふたりでドレスを選ぶ。

途中、クロエとサムスが参戦してきて、茶化したり、官能的なドレスを着せようとうながしてくるが、それら策略をすべてはね除けると、俺は純白のドレスを選んだ。

モンシロチョウのような綺麗な色をしたドレスだ。

質素で飾り気のないものだったが、それゆえにシスレイアによく似合った。

彼女の銀髪がとても映えるのだ。

シスレイアはそのドレスを一目で気に入ると、ぎゅうっと抱きしめ、

「一生、大切にします」

と微笑んだ。

その笑顔に見とれながら俺は彼女がドレスに袖を通す日を楽しみにした。

†

就任式、一日前。

就任式は国家的な式典なので官吏たちは上を下への大忙しであるが、俺は暇を持て余していた。

こういった事務仕事は向いていないので、シスレイアとクロエに丸投げしていたのだ。

彼女たちも俺が戦力になるとは思っておらず、

「レオン様は思いっきりサボっていてください」

というだけだった。

「持つべきものは話の分かる上司だねえ」

のほほんと口にしたが、それを皮肉る上司もいる。

もうひとつの職場である宮廷図書館の上司だ。

彼は禿頭の頭に青筋を立てると皮肉を言う。

「久しぶりに出勤してきたと思ったら、また本を読んでいるだけか!?」

「まさか、本を読みながらどの棚にしまおうか、高度に計算しております」

「古来、頬杖を突きながら高度な計算は出来ないと相場は決まっているのだよ」

「おっと、これは失敬」

右手で突いていた頬杖を、左手に変える。

上司は呆れながら「今日くらい働いてくれ。猫の手も借りたいんだ」と吐息を漏らした。怒鳴り散らされるよりも効果的な注意の仕方だったので、なぜ、忙しいか尋ねる。

「そりゃあ、国王陛下が代替わりされるからだ。代替わりされれば古い資料に需要が出来る。就任式に必要なものはなにか、宮内省の連中が毎日、問い合わせに来るんだ」

「それは一大事ですな」

「他人事のように言うな」

「それは協力しましょう」

重い腰を上げると、資料室に向かうが、俺は上司の指に指輪がはめられていることに気が付く。

「どこで盗んできたんです？」

「失敬な！　これは結婚指輪だ！」

「おお、たしかに左手の薬指にはめられています」

「給料一年分だ」

「聖教会の舞台から飛び降りたんですね」

「まあな」

上司は興味なさげに言うが、俺は逆であった。指輪のことを根掘り葉掘り尋ねる。

質問を間断なく投げかけていると、彼は俺の違和感に気が付いたようだ。

「なんだ、気持ち悪いやつだな。指輪などおまえがこの図書館に赴任したときからずっと付けているぞ」

「それは気が付かなかった」

「興味があるのか？」

「最近、出てきたようです」

「おまえに嫁などいるわけがないから、婚約指輪でもほしいのか？」

「まあ、そうかも」

「ふん、給料泥棒でも恋はするのか」

「給料を盗むのも、人の心を盗むのも同じようなものなのかもしれないですな」

「いいよるわ」

そのように鼻を鳴らすが、上司は奥さんとの馴れ初めを話してくれた。

意外にも奥さんとは職場結婚らしい。

当時、先輩だった奥さんに猛烈にアタックし、落としたとのことだった。

当時のことを熱心に語る上司。時折、頬を染めたり、回想に浸る様は気持ち悪かったが、それでも奥さんに対する愛情は伝わってきた。聞いているだけで、〝結婚〟も悪いものではない、と思えてくるから不思議だった。

俺はしばし、上司の青春時代の話を聞くと、女性に送る指輪の相場を聞き出す。

上司は己のあごに手を添えると、

「婚約指輪は給料三ヶ月分が相場だが、プレゼントならば給料一ヶ月分じゃないかね」

と言い放つ。

悪くない相場観なので、上司が指輪を買った店を聞き出すと、そこで指輪を買うことにした。

無論、業務を終了させてからであるが。

しばし、宮内省向けの資料を一緒に整理すると、定時ぴったりに宝石店に向かった。

上司は皮肉を言うかと思ったが、

「まあ、がんばれよ」

と応援してくれた。

俺に残業を押しつけることもなかった。

俺は俺の代わりに残業をする禿げ親父に心の底から感謝した。

†

国王就任式が始まる。

エルニアの大貴族、小貴族、官吏、大商人、軍人、大地主、この国を動かすあらゆる階層のものが集まっている。皆、立派な格好をしており、どこかの宮廷魔術師のようにくたびれた格好をしているものはひとりもいなかった。

クロエはこのような場所でもアイロン掛けをしていない軍服で現れるレオンを見て呆れたが、まあ、彼らしいといえば彼らしかったので、特に注意はしなかった。

それよりも宮廷魔術師レオンはどこか落ち着かない。

先ほどから魔術師のローブの内側をしきりに気にしていた。

あまりにも怪しい行動で、会場内の警護兵に何度も声を掛けられていた。

そのたびに姓名と所属を名乗って解放されていた。

まったく、なにをしているのだろう？　そう観察していたが、会場内にどよめきが起こると、精神のチャンネルを切り替える。

この式典の主役がやってきたのだ。

きらびやかな衣裳に身を包んだ少年、レインハルト・フォン・エルニア殿下がやってきたのだ。

彼はこれから殿下から陛下となる。聖教会の教皇様より冠を授かり、王位を継ぐのだ。

幼き頃から知っている少年が王になるのは感慨もひとしおだった。

彼の母親であるセシリア第三夫人も同じらしく、目を潤ませている。

また彼の姉にして、クロエの主、エルニア王国摂政に就任した少女も感動に打ちひしがれていた。

シスレイアは弟レインハルトのことを誰よりも可愛がっていたし、そもそも彼を王位に就けたのも彼女だった。

万感の思いが渦巻いているに違いなかったし、本来は泣き崩れたいほどに感情が高ぶっているはずだが、摂政となった彼女は毅然としていた。

教皇が王子に冠を授与し終えるのを毅然と見つめていた。

老教皇は震える手で冠を王子の頭の上に載せる。

その瞬間、王位は受け継がれる。

ウォレス・フォン・エルニアの治世から、

レインハルト・フォン・エルニアの治世となったのだ。

その歴史的な瞬間を目にした群臣、招待客たちは、歓喜の声を上げる。

誰からともなく、万歳三唱が巻き起こる。

拍手が聖堂の空間を満たす。

こうして新たな王が誕生したわけであるが、この王はどのような王になるのだろうか。

王と摂政はどのような国を望んでいるのだろうか。

会場のものは等しく、王の所信表明を待ったが、クロエは聞き慣れたレインハルトの言葉よりもレオンのことが気になっていた。

会場の端で忙しなく動き回りながら、汗を拭う宮廷魔術師。

先日、大軍を打ち払い、悪魔を殺した英雄とは思えぬ小市民ぶりであったが、クロエはなぜ、なにごとにも動じないはずのレオンが動じているか知っていた。

彼の懐にある指輪がそうさせるのだが、クロエは新しい王の演説よりも、レオンがどのように不器用な言葉を添えて、その指輪をシスレイアに渡すかのほうに興味があった。

クロエはレオンのもとに向かうと、彼の手助けをする。

就任式が終わったあと、姫様とふたりになれる時間と空間を用意してあることを伝えたのだ。

戦場の勇者、最強の宮廷魔術師は、恥ずかしげに微笑むと、クロエの心遣いに感謝をしてくれた。

就任式が終わり、新国王が誕生した。

それと同時にシスレイアは正式に摂政に指名される。

前国王ウォレスは息子の就任を見届けるかのように、就任後、一週間で逝去される。

盛大な国葬が行われることになったが、エルニアの代替わり、若年の国王就任の隙を突くかのように、アストリア帝国軍が襲いかかってくる。

彼らは一〇万の大軍を用意し、エルニア王国の国境線を侵した。

しかし、その大軍はわずか一週間で撤退することになる。

その国境線はとある男によって守られていたからだ。

その男の名は、

レオン・フォン・アルマーシュ。

このエルニア王国の大佐、
宮廷図書館司書、
王国摂政筆頭軍師、
様々な肩書きを持つ男だが、エルニア国の歴史書にはこう記載されることになる。

〝影の宮廷魔術師〟

と――。

あとがき

影の宮廷魔術師三巻を買ってくださった読者の皆様、誠にありがとうございます。

一巻打ち切りの作品が増えている中、三巻まで書くことが出来たのは、読者の皆様の支持と応援のお陰だと思っています。

その熱い想いが、コミカライズなどに繋がり、本作の世界観を広げることに繋がったと思っています。

繰り返しますが、本当にありがとうございます。


さて、三巻まで無事、出版することが出来ましたが、小説版はここで一区切りです。

一部完結というやつで、今後の展開を待って頂けると嬉しいです。

コミックス版では、より世界観を広げられると思っています。

白石先生の作画、黒井先生のキャラデザは本当に素晴らしく、原作者はコミックス版の更新を指折り待っております。

読者の皆様も同じだと思うので、是非、「コミックガルド」をチェックし、コミックス版を買って頂けると嬉しいです。（ダイレクトマーケティング）

ダイレクトマーケティングと言えば、羽田(はた)は各社で小説を書き、漫画原作を担当しております。代表的なところですと、

電撃の新文芸から「リアリスト魔王による聖域なき異世界改革」小説版一～四巻まで好評発売中。コミックス版は三巻まで出版されていて大ヒット御礼中。

双葉社では「魔王軍最強の魔術師は人間だった」小説版一～五巻まで。コミックス四巻まで好評発売中。「古竜なら素手で倒せますけど、これって常識じゃないんですか？」小説版一～四巻まで、コミックス三巻まで好評発売中。

ファンタジア文庫では、「神々に育てられしもの、最強となる」小説版四巻まで好評発売中。コミックス版も発売中です。さらに「最強不敗の神剣使い」小説版が二〇二一年二月に発売する予定です。

全部他社じゃん！　と聡明な読者様ならば気が付かれていると思いますが、オーバーラップさんは懐の深い出版社、そのような些末(さまつ)なことは気にしないのです。(ですよね……？　担当のN氏)もちろん、羽田はオーバーラップの家の子、これからもどんどんオーバーラップ文庫やノベルスで出版していくので、その際は是非、応援してください。

小説家というものはSNSやファンレターなどで「面白かった」と目にするだけで、有頂天になるもの。チョロイン以外のなにものでもないのです。

さて、長くなりましたが、あとがきはここまで。

レオンたちの物語は一区切りになりましたが、冒険が終わったわけではありません。

コミックス版一巻は「2021年1月25日」に発売します。

何卒(なにとぞ)、こちらのほうもよろしくお願いいたします。

ではでは、関係者の皆様、そして読者の皆様、本当にありがとうございました。

二〇二〇年　一二月著述

影の宮廷魔術師 3
～無能だと思われていた男、実は最強の軍師だった～

発行　2021年1月25日　初版第一刷発行

著者　羽田遼亮
イラスト　黒井ススム
発行者　永田勝治
発行所　株式会社オーバーラップ
〒141-0031
東京都品川区西五反田7-9-5
校正・DTP　株式会社鷗来堂
印刷・製本　大日本印刷株式会社

ISBN　978-4-86554-827-3 C0093

【オーバーラップ　カスタマーサポート】
電話　03-6219-0850
受付時間　10時～18時（土日祝日をのぞく）

作品のご感想、ファンレターをお待ちしています

あて先：〒141-0031　東京都品川区西五反田7-9-5 SGテラス5階　オーバーラップ編集部
「羽田遼亮」先生係／「黒井ススム」先生係

スマホ、PCからWEBアンケートにご協力ください

アンケートにご協力いただいた方には、下記スペシャルコンテンツをプレゼントします。
★本書イラストの「無料壁紙」　★毎月10名様に抽選で「図書カード（1000円分）」

公式HPもしくは左記の二次元バーコードまたはURLよりアクセスしてください。
▶ **https://over-lap.co.jp/865548273**
※スマートフォンとPCからのアクセスにのみ対応しております。
※サイトへのアクセスや登録時に発生する通信費等はご負担ください。

オーバーラップノベルス公式HP ▶ **https://over-lap.co.jp/lnv/**